小学館文庫

口中医桂助事件帖

毒花伝

和田はつ子

小学館

目次

主な登場人物

藤屋桂助……………〈いしゃ・は・くち〉を開業している口中医。先々代の将軍の御落胤。

鋼次………………〈いしゃ・は・くち〉に房楊枝を納めている職人。桂助の友人。

美鈴………………大店の娘で鋼次の女房。夫婦で〈いしゃ・は・くち〉を手伝っている。

岸田正二郎…………桂助の出生の秘密を知っている元側用人。

友田達之助…………南町奉行所同心。

金五………………鋼次の幼友達。友田達之助の下っ引き。

志保………………佐竹道順の娘。〈いしゃ・は・くち〉を手伝っていた桂助の幼馴染み。

上川屋啓右衛門……骨董屋の隠居。

真穂………………啓右衛門の看取女。

千住品三郎…………虫歯に悩み、〈いしゃ・は・くち〉を訪れた武士。

千住市之助…………千住家の当主。品三郎の長兄。

千住寛次郎…………品三郎の次兄。歌舞伎役者の松下華之丞。

勝蔵………………市中の飴売りの元締め。

第一話　たまごの実

一

薬草園に降り注ぐ弱々しかった陽《ひ》の光が、少しずつ活気づいて温かさを増してきている。土色一色だった薬草園に、ぽつぽつと新緑が芽吹き始めて春の訪れを感じさせた。

一番鶏《いちばんどり》の鳴き声と共に起き出す桂助《けいすけ》は、いつものように、〈いしゃ・は・くち〉に隣り合っている薬草園を一廻《ひとまわ》りして、水やりなどをするのが朝の日課であった。

口中医である藤屋《ふじや》桂助は、歯抜き、歯草《はくさ》（歯周病）等の治療を行っている。烏頭《うず》（トリカブトの根を干したもの）を主とした麻酔代わりの薬を塗布《とふ》する、桂助ならではの痛みの少ない歯抜きには、手伝いが居てくれると有り難く、歯草の患者の治療指南には、常に歯茎を清潔に保つべく、ヤナギ等の木を用いた房楊枝《ふさようじ》が欠かせない。

かつては手伝いに町医者佐竹道順《さたけどうじゅん》の娘志保《しほ》が通ってきてくれていた。志保は薬草園の世話だけではなく、歯抜きのための塗る麻酔薬を練ったり、冬は火鉢で暖め夏は風通しに気をつけて、歯の痛みや悩みを抱えて訪れる患者たちを癒していた。

また、知り合って長い房楊枝職人の鋼次《こうじ》とは、虫歯で苦しんでいるところを、桂助が助けて以来、無二の間柄となった。鋼次は桂助が注文した房楊枝を納めると称して、毎日のように〈いしゃ・は・くち〉を訪れていたものだった。

志保は父親の死を契機に〈いしゃ・は・くち〉を去ってしまった。志保を片想《かたおも》いしていた鋼次の方は、運命の神様の有り難い気まぐれだったのか、諸国銘茶問屋芳田屋《よしだや》の娘美鈴《みすず》に惚れられて所帯を持ち、今では芳田屋の伝手《つて》で弁天神社の境内に店を開いている。ここでは安値で柔らかい木の繊維のドロヤナギ製から、匂いのいい黒文字《くろもじ》等が使われる高級品まで、さまざまな房楊枝のほかに、飾りに十二支や魚等を模した菓子楊枝も売られている。

また、〈いしゃ・は・くち〉を開業している名医藤屋桂助の銘入りの口臭止めである口中香、お歯黒に使う鉄漿水《かねみず》の入ったお歯黒壺《つぼ》等も売られている。房楊枝と並べてそれらを売ることを思いついたのは、商家の娘だけあってなかなか商才に長《た》けていた美鈴だった。この時美鈴はすでに鋼次の子を身籠《みご》もっていた。

もっとも、それでは図々《ずうずう》しすぎると女房に反対、苦虫を潰したような顔になった鋼次を説得したのは桂助であった。子どもが出来れば相応の物入りは免れないゆえ、美鈴の言う通り、稼ぎを増やすことは大事で、役立つものなら是非とも自分の銘を使って欲しいと桂助は説いたのであった。

ドロヤナギ製であっても丁寧に作られる鋼次の房楊枝は口中に心地よく、月に何度か鋼次が子どもたちや興味のある人たちを集めて房楊枝作りを披露し、指南するという余興も評判を呼んで、夫婦の店は順風満帆、繁盛している。

今では、鋼次は寝る間も惜しんで一心に房楊枝作りに精を出し、美鈴は一日中生まれた女の子を背負って店に立っている。そのせいで、前には夫婦で朝から毎日、独り暮らしの桂助を案じて駆け付けてきていたのが、今では鋼次も一月に一度ぐらい顔を出すのがせいぜいであった。

この変化を桂助は寂しいとは露ほども思わず、よかったと胸を撫《な》で下ろして喜んでいる。ただし、志保も含めて昔の仲間に置き去りにされているという、焦りに苛《さいな》まれるようにはなっていた。

――あの志保さんのことだ、鋼さんたち同様、きっと前向きに生きていることだろう。それに比べてわたしは――

このところ、桂助は切に口中医としての自分の技量に限界を感じていた。

――空《むな》しく歯抜きだけを生業《なりわい》にしているような気がする――

一度虫歯を病むと、軽いうちは熱いものや冷たいものがしみる程度だが、白い歯を侵す黒い穴が広がるに従ってずきずきする痛みを伴い、それがついには昼夜を問わぬ痛みとなり、化膿《かのう》して頬まで腫《は》れる。膿《う》みきると痛みはさほどでもなくなるが、高熱が出た場合など全身に虫歯で歯根《しこん》の先が化膿した毒で死に到《いた》ることさえある。

抜歯が必至なのは虫歯が歯の根にまで及んで化膿した時で、こうなると、まずはいったん切開して排膿し、解毒、消炎、鎮痛効果のある升麻《しょうま》と竜胆《りゅうたん》の煎《せん》じ薬で腫れを引かせる。ここまで来ると抜歯しなければ必ずまた再発、化膿するので、腫れが完全に引いたところで抜歯する。

化膿したままでの抜歯は全身への毒の回りを助長するので、非常に危険であった。掌《てのひら》に隠し持った穴開き銭と痛む歯を糸で結びつけて、居合抜きで、えいっという気合もろとも抜歯する大道芸で命を落としかねないのは、この点の考慮が皆無だからである。その点、桂助はまずは虫歯の状態を診《み》る。歯痛を訴える患者たちの歯を無闇矢鱈《むやみやたら》に抜いたりはしなかった。

――とはいえ、抜くか抜かないか決めるだけで、むしばを抜かずに治療することなどできはしない。一度むしばに取り憑《つ》かれた歯は、何年か後には必ず抜く羽目になるのだ。何とか、むしばを長持ちのする元気な歯に戻すことはできないものか？――

そんな思いを抱いて、桂助は僅《わず》かな黒ずみ程度に見える、ごく初期の虫歯を歯削り専用の鉄製の鑿《のみ》で削りとる治療を試してきた。この桂助ならではの口中道具は細かい操作ができる器具に似ている。

——これだと多少はむしばの進みが遅くはなった。だが遅くなるだけで、期待していたような完治はしない——

そんな折、桂助は横浜の居留地に通って、医者道具の誂《あつら》えの商いをしているさんま屋の主《あるじ》から気になる話を聞いた。

「世間の人はいい値を払ってもらえるだろうから、さぞかし、さんま屋はえびす顔だろうって、てまえどものことを言ってますが、並々ならぬ苦労はあるんですよ。とにかくね、今まで見たこともないもんばかりを作らせられるんですから、気骨が折れるったらありゃしません。異国の医者が見本ってことで、そいつを指差して、ぺらぺらまくしたてるんです。それを通詞《つうじ》が伝えてくるんですが、まどろっこしいのなんのって。でもね、最初のうちはわかりませんでしたけど、どうやら、奴《やっこ》さんはこっちが苦労して作った物が気に入らない、ああしろこうしろ、こうすりゃあ、もっと使い勝手がいいはずだって、自分の国の職人にも頼めないことをうるさく注文つけてくるんですから、たまったもんじゃないんですよ」

ひとしきり半ば自慢の愚痴をたれた後、

「それでもねえ、さすがと感心させられたことがありました。本国から届いたばかりの道具を見たんです。ゼンマイってもんで動く口中医の道具でした。歯に穴を開けたり、削ったりできるんですとさ。まさに精緻《せいち》な鑿でしたよ。これら歯のための鑿と紡ぎ車を使って足を踏み続ける器械とが合わさって、どんなに深くまでも歯が削れるとっておきがメリケン（米国）じゃできるんだそうです。驚きでしょう？」

　相づちをもとめられた桂助は、

「そうなれば進んで穴の広がった、今までは抜き時を見極めるべく、経過観察するしかなかったむしばの部分を、健やかな歯から取り除くことができますね」

　思わず胸が躍った。

「そうなんですよ」

　さんま屋の主はさすが医療道具屋だけあって、虫歯は歯虫や魔物の仕業だという、多くの人たちが抱いてきた俗信とは無縁だったが、

「てまえどもでは随分前から、先生のために歯削り専用の鉄製鑿を作らせていただいています。ですけど、これを使って、いくらむしばの黒いとこを削っても、やっぱりまた黒くなったむしばが出てくるでしょう？」

　削り取るだけの治療には疑問を感じているようだった。

「これは長崎に行っていた頃の旧友とこの間ばったり会った時、聞いたことなのです

が、むしばを削り取った後、金や銀の箔《はく》でぴちっと蓋をするように被《おお》っておくと、むしばがぶり返したりはしないそうです。これを旧友はやっぱり居留地横浜でメリケン人から直《じか》に聞いたというのです」

桂助は西洋ならではのさらなる技の存在を口にした。

「ぴちっというからには、金や銀の箔を歯に詰めるってことでしょう？　でもねえ、口の中は唾が出てつるつるでしょうから、剝《は》がれないようにするのはむずかしいと思いますよ」

相手は首を傾《かし》げ、

「たしかに紙しかくっつけることのできない糊《のり》等では話にならないのでしょうね」

桂助はふうと失望のため息をついた。

──とはいえ、西洋ではむしばを完全に治すことができるのだ──

以来、桂助は気がつくと、虫歯痕への詰め物である金や銀の箔について考えを巡らせていた。

──口中ゆえ、何より、人の身体《からだ》に害があってはならないし──

これといった考えは思いつかず、この日も炊きたての飯に葱《ねぎ》の味噌《みそ》汁《しる》と焼いた目刺《めざ》しという、決まりきった朝餉《あさげ》を摂《と》り、箒《ほうき》と雑巾で治療処《どころ》と患者が待つ部屋を清めたと

ころで、

「おはようございます」

戸口を開ける若い女の声が聞こえた。

「おはようございます」

応対も一人何役もの桂助の仕事の裡《うち》であった。

「いいお（て）ん（きで）す（ね）」

若い女の後ろには奉公人に背負われた血色のいい老爺《ろうや》の顔があった。

二

「御隠居様は昨夜、鯛《たい》のお刺身にセリのお浸《ひた》し、ハマグリの薄炊きの菜の花添え、人《にん》参《じん》と大根のなます、ワカメとお豆腐のお吸い物を召し上がられた後、どうしてもとおっしゃって、大好物のべったら漬けを半切れ、嚙《か》もうとなさいました。しかし、まだ充分に嚙むことができないご様子でしたので、喉に詰まらせたり、胃の腑《ふ》に重くなってはと案じられたので、呑《の》み込むことは我慢していただきました」

真《ま》穂《ほ》という名の看《み》取女《とりおんな》が桂助に告げた。

背負われてきた福の神を思わせる丸顔で、いつも笑みを絶やさない老爺の名は上川《かみかわ》屋《や》啓右衛門《けいえもん》、江戸市中で最も古い骨董《こっとう》屋の隠居であった。

「昨夜の夕餉《ゆうげ》に満足されましたか?」

桂助が訊《き》くと、

「ま(だ)(つ)けも(の)がいけま(せ)ん」

啓右衛門は一本も歯の無い口を懸命に動かして応えた。

啓右衛門の歯は生まれつき虫歯になりやすい質《たち》で、若い頃から長く痛みに苦しめられた末、二月ほど前、桂助の助言で、頑固に痛み続ける残りの虫歯を全て抜き去った。

桂助のところへ治療に訪れた時の啓右衛門は、残っていた虫歯の痛みのために食べることにも、眠ることにも難儀していて、今とは別人のようにげっそりと窶《やつ》れていた。

高齢でもあり、このままでは虫歯による衰弱で命を落とすと判断した桂助は、残りの歯の抜歯と木の入れ歯を作るように勧めた。

すると食通で鳴らしてきた啓右衛門は、

「(ど て)かみは(だ)め(です)か?」

真剣な面持ちで訊いてきた。

この時、啓右衛門にはひどくなった虫歯を患《わずら》っているものの左右の奥歯だけはあったが、前歯がなく他の歯も歯なしのように崩壊しているので、さ行、た行、な行、ら行が不明瞭だった。奥歯を失った今では空気が洩《も》れて、さらにき、し、ちが発しにくくなった。

啓右衛門はべったらの他にもある、か（き）―牡蠣《かき》、上方《かみがた》からの下《くだ》り酒《さけ》である（し）ん（し）ゅ―新酒、（ち）くわ―竹輪といった、自分の好物を声に出して伝えることがむずかしくなっている。

もっとも、桂助は仕事柄、歯のない相手の言葉をほとんど完璧に聞き取ることができたし、啓右衛門に付き添っている真穂も同様であった。十七、八歳の若さでよく聞き取れるものだと感心した桂助が、

「お祖父《じい》様、お祖母《ばあ》様とか、お身内に歯を失われた方がいたのですか？」

と訊いたところ、

「わたしに身内は一人もいません。たいていの看取の女は、患者さんに紙に書いて貰《もら》うのですけど、やっぱり口と口でやり取りした方が自然ですし、楽しいでしょう。それで何とか聞き取れるようになるまで懸命に努力しました。長屋に住んでいる歯を失《な》くした人たちが協力もしてくれました」

真穂は長屋の歯無しの人たちの話に触れてふっと顔を曇らせた。

断るまでもなく、歯無しになった長屋暮らしの貧しい人たちは啓右衛門ほど恵まれていない。看取女に世話をしてもらうことなど夢にも思わないだろうし、高い入れ歯を拵《こしら》えるなども論外、土手《どて》噛《が》みで食を満たすこととなる。ちなみに土手噛みとは歯槽堤歯《しそうていし》が失われた後、歯茎を鍛えて食物を噛むことである。

「きでかむよ（り）も、（そ）んほうがめしがうまい（で）しょう？」

この時の啓右衛門は奥歯の虫歯の痛みを堪《こら》えつつ、柘植《つげ》で作られる木床義歯《もくしょうぎし》よりも、自分の身体の一部である歯茎による土手噛みに軍配を上げた。

「慣れるのが大変でしょうが、ご希望ならそうしましょう」

桂助は複雑な思いで啓右衛門の願いを聞き届けた。

――この方なら土手噛みをこなすことができて、きっと、たいそうお元気になられることだろう――

思った通り、啓右衛門は真穂の献身的な助けで、抜歯後すぐは全粥《ぜんがゆ》のほかに、豆腐を主に裏漉《うらご》しした青物との和《あ》え物、滋養のある牛の乳（牛乳）や白牛酪《はくぎゅうらく》（バター）等で、食べられなかった時失った体力を養った。その後、歯抜きの後の血餅《けっぺい》が剝がれてからは、少しずつ水を減らして飯に近づけ、青物は刻んだだけで裏漉しせず、茹《ゆ》でて柔らかくなった白身の魚や、裏漉ししても形が粒で残る鶏肉《とりにく》等を土手で噛む練習を続けてきた。

近頃では刺身や貝、ワカメ、歯応えのある生の大根や人参までも上手に土手嚙みできるようになっている。

「そのうち、べったら漬けも嚙むことができますね」

桂助は微笑《ほほえ》んで啓右衛門を励ました。すると相手は、

「(タ) コやイカも (た) べ (た) いもん (です)」

もう以前のように痩せてはいない、がっちりした身体を揺らしてふわふわと笑った。

――啓右衛門さんは幸せなお方だ、歯無しになっても、これだけ食べることが好きで叶《かな》えられれば、この先、きっと長生きなさることだろう――

「口の中はとても綺麗《きれい》です」

桂助は真穂の方を見た。

「歯なしになっても食べるたび、よく口を嗽《すす》ぐだけではなく、房楊枝で土手を清めさせていただいています」

「あなたの尽力の賜《たまもの》です」

桂助が真穂に頷《うなず》くと、聞いていた啓右衛門は、

「こ (の) ひ (とと) (せ) ん (せ) い (の) おかげ (です)」

と目を瞬《しばた》かせた。

「そのうち、きっとタコもイカも食べられるようになりますよ」

土手噛みは、タコやイカを噛み切るのがむずかしいのだが、桂助は励ます言葉を口にして、啓右衛門たちを門の外まで見送った。

それから八ツ時（午後二時頃）までは、たて続く患者の治療に追われた。このところ昼餉を抜くことも多かったが、この日は空腹が抑えきれず、飯櫃《めしびつ》に残っていた冷や飯を握って、火を熾《おこ》した七輪に渡した丸網に載せ、刷毛《はけ》で醬油《しょうゆ》を塗って仕上げる焼き握りにして三、四個も食べた。

その間、長屋に住む歯無しの人たちのことを真穂の悲しそうな顔とともに思いだしていた。

――誰もが啓右衛門さんのように土手噛みに長じることができて、食べることを楽しめるわけではない。真穂さんもわかっていることだとは思うのだが、たいていの歯無しになった人たちは年齢《とし》、男女を問わず短命すぎるのだ――

桂助は自分が歯抜きをした患者たちのさまざまなその後を思いだしていた。

入れ歯を作る余裕のない人たちには土手噛みしかない。しかし、啓右衛門のように至れり尽くせりの土手噛み指南とは無縁の無手勝流である。

胃腸障害によって亡くなった患者たち。それほど高齢ではなく、あるいは食い意地が人並み以上に張っている者は、飯や旬の青物、安上がりで菜になる鰯《いわし》やイカ等をそこそこ土手嚙みした後、えいっ、やぁと飲み込んでしまう。こうした無茶苦茶な食し方はその日暮らしの過労も手伝い、重篤な胃の腑や腸の炎症、長期的には命を奪う病までも引き起こしかねなかった。

また、多くの歯無しの者たちは全粥や具のない味噌汁等の飲み込みやすいものを摂る。卵を飲めば滋養は摂れるがなにぶん高価である。これでは痩せて体力が低下し、歯のある者では罹《かか》らない流行病《はやりやまい》に容易に罹ってしまう。

〈いしゃ・は・くち〉に通ってきていた端《は》切《ぎ》れ売りの老婆は、常に頰に手を当てて虫歯の痛みに堪えていた。そこで桂助はこの業病《ごうびょう》のような痛みから解放させてやるべく、よかれと思って歯無しの処置をしたところ、得意客の顔はおろか、帰る家さえもわからなくなってしまい、市中を彷徨《さまよ》った挙げ句、行き倒れの骸《むくろ》となって見つかっている。

――土手嚙みを覚える前に、歯が一本も無くなってしまったという心の揺れで、こうなってしまう人たちも結構多い。啓右衛門さんのように〈いしゃ・は・くち〉にさえ来てくれれば、わたしが土手嚙みのいろはを指南するのだが――

また、端切れ売りの老婆と同様の痛みに苦しんでいた一膳飯屋の女将《おかみ》は、桂助の治療で歯無しとなり、多少は器量自慢だっただけに、梅干しの外見によく似た老婆のような口になってしまったのが堪えられず、大川に身投げして果ててしまった。

その他にも土手嚙みに馴染《なじ》めず、それでも不承不承嚙んでいるうちに、耐えられない頭痛や肩凝りが高じた挙げ句、歩いていてよろめき転倒して亡くなった大店《おおだな》の番頭もいた。

そして、最も不可解で気になってならないのが拒食であった。入れ歯とは無縁な暮らしぶりの者の中には、唯一残された食物摂取法である土手嚙みをも退け、歯無しになったとたん、水以外は口にせず餓死に到る者も居た。風の噂《うわさ》ではこの手も増えているとのことだった。

その時、

「先生はおられるか」

虫歯の痛みのあまり、血相を変えた一人の若侍が駆けこんできた。

憤怒《ふんぬ》の面持ちではあったが、どことなく幼さと甘さ、育ちの良さの残る頼りなげな若者であった。

三

千住品三郎《せんじゅしなさぶろう》と名乗ったその若侍は、

「歯の痛みのために、昨日道場で行われた、婿選びを兼ねた大事な試合に参れなかった。それがし、その名の通り、三男の部屋住みゆえ、取り柄は剣の腕だけなのだ。婿入り先だけではなく、道場一と言われた名誉も失ってしまったのだ。それがしは終生、落伍者《らくごしゃ》、お家の恥よ。ついてはやはりそれがしと同じ痛みのために大名行列を外れてしまい、切腹した藩士に倣《なら》いたい。そうすればそれがしも関ヶ原以来の名門千住家も、日枝《ひえ》神社の山王清兵衛《さんのうせいべえ》同様、後世に歯神として崇《あが》められるやもしれぬ」

桂助を前にこれ以上はないと思われるほど思い詰めた表情で、今にも刀を抜いて自らの腹を刺しかねなかった。

――これを止めるのは難儀だ――

桂助は驚愕《きょうがく》しつつも、

「千住様とおっしゃいましたね、なにゆえ、ここを死に場所に選ばれたのです？」

顔色一つ変えずに、平静な声で訊いた。

「そなた、藤屋桂助は市中一の歯抜きの名人と聞いている。そんな名人にこそ、歯痛ゆえの自害に立ち会って貰いたいのだ。武士には、たとえ歯抜きをして楽になれても、それではおさまらない意地や誇りがあるのだと、我が命の終わりを見極めてほしいのだ」

相手は突き出すように胸を張ったが、

「お引き受けできません。ここは命が失われる場所ではないからです。あなた様は武士の道を全うなさりたいとおっしゃいましたが、わたしは口中医、広くは医術に生涯を捧《ささ》げる者として、命を救うという医道を汚したくないのです。さあ、早く、ここを立ち去ってください、さもないと、たぶん、ああ――もう、間に合わないかも――とんだ災難です」

桂助は大きく目を瞠《みは》って精一杯恐怖の表情を作った。

「何だ、何だというんだ？」

相手の目には怯《おび》えが映った。

「自害なさるまでもなくもはや、あなた様は――。むしばの毒のせいで手が震え、刀が抜けないのではありませんか？」

「何をっ」

千住品三郎は咄嗟《とっさ》に刀の柄《つか》に手をかけたが、その手はぶるぶると震えて柄の上を泳いだ。

――この手の方はとかく暗示に弱い――

桂助が歯抜きの名人と称される理由《わけ》は、使われる塗布麻酔や、抜き取る歯の生え方を察知しての絶妙な腕前もさることながら、

「大丈夫ですよ、痛いことなどありません。あなたの身体は悪いものを取り除きたがっているのです。さあ、肩や背中の力を抜いて楽にして。この手の痛みは痛いと身構えるとますます痛くなるものなのですから」

巧みな暗示で患者の心に安らぎを与えるからであった。

「し、死ぬのか」

自害を覚悟していたはずの千住の顔が真っ青になった。

――誰しも死にたくなどないはずだ。決して認めはしないだろうが、それゆえこの方もわたしのところへ来た――

「痛みも強くなってきているはずです」

桂助は畳みかけた。

「そ、そういえば」

「今のままでは満足な自害もできず、南千住にある日枝神社の山王清兵衛にはなれません。いかがです？　わたしの治療を受けてから、もう一度、山王清兵衛になるかどうかをお考えになっては？」

桂助の勧めに、

「やむをえん」

渋々相手は従った。

診てみると、何と千住の口中はひどい虫歯だらけだった。始終痛み、しみるせいで嗽《うがい》や房楊枝使いを怠るせいなのか、一部歯草になっている歯茎もあり、前歯がぐらつきかけている。

——よくもここまで放っておいたものだ——

「歯痛とは物心ついた頃から無縁ではなかった。武士の子たるもの、痛みを訴えるのは軟弱だと父上から言われ続けて育ち、まだ大道芸人の世話になったこともない。優しい母上は歯の痛みを何とかしようとしてくださった。痛む歯への梅干貼り、火で温めた竹筒かざし、大根おろし、ヨモギ、長葱、潰した飯での湿布、茄子《なす》のへたの黒焼きを飯で練り、むしばの洞《うろ》に入れたりもした。始終、母上があちこちの草藪《くさやぶ》へ出かけて、珍しい蛇の抜け殻を探していたのは、紙に包んで痛む歯に押し当てると、むしばだった歯が元のようになると信じていらしたからだ。もちろん、歯痛に御利益があるという、白山《はくさん》神社、戸隠《とがくし》明神、顎《あご》なし地蔵にも参詣を欠かさなかった。これには母上だけではなく父上も一緒だった」

意外にも千住は長く語り、

――信心はもとより、この手の手当ての効き目は薄かったろうが、歯痛に苦しむ我が子を何とかしたいと念じる両親ならではの尊さだ――

桂助は胸を打たれた。

「特に母上の手当てがうれしくて、ほんの僅かな間、痛みが和らいだものだった」

千住は今も一瞬痛みを忘れたのか、ふっとその目をなごませた。

「お母様は御存命なのですか？」

――ここまで我が子の歯の痛みを案じてきた母親を思い出させれば、自害を止《とど》まらせることができるかもしれない――

桂助は期待したが、

「母上は昨年流行病で亡くなり、先ほど申したように我が子に泣き言は言わせぬ父上なので、歯痛を訴える相手がいなくなった、痛み出すと、母上の手当てを真似《まね》てはみたが、母上がやってくださった時とは違って、一時たりとも痛みが和らぐことなどなかった。以後、どのむしばも進んで洞が広がり、歯が痛むことも増えたような気がする」

千住の目が悲しく翳《かげ》った。

桂助は相手の額に掌を置いた。

「ぞくぞくと寒くはありませんか？　熱がかなり出ているように見受けられます」

「いや――」

千住は不安そうな面持ちになり、自分の手で額を確かめて、

「このところの寒さのせいでむしろ冷たいような気がする」

首をかしげた。

「あなた様は剣術の鍛錬の賜《たまもの》で寒気《さむけ》にお強い？」

桂助はじっと相手の目を見た。

「まあな」

千住は横柄に頷いたが不安は隠せない。

「寒さと寒気とは違います。寒さは自然のなせる外からのものですが、寒気は身体の内から熱が出る兆《きざ》しです。額や手足が氷のように冷たくなるのが特徴です」

「そういえば――」

千住は意味もなく手足を動かした。

「熱は口中全部のむしばの根が膿み始めている証《あかし》です」

桂助が大げさに言い募ると、

「そうなるとどうなる？」

千住の声が震えた。

「むしばの毒に全身を冒され、瘧《おこり》（マラリア）のようになって熱が下がらずに死にます」

「嫌だ、嫌だ、手練《てだ》れの刃に貫かれるのならともかく、そんな情けない死に方はしたくない、武士の名折れゆえ、父上に叱られる、家名に傷がつく。我は山王清兵衛になるのだ」

相手は大声で叫び駄々をこねた。

「ならば、むしばの毒を退治して後、山王清兵衛におなりなさい」

「ほう、自害に立ち会ってくれるのか」

「仕方ありません」

苦笑した桂助はもう一度丹念に虫歯だらけの口中を調べた。

――思った通りだ、ここまで痛みが強いのに、両頬がそれほど腫れず、熱が出ていないのは、まだどのむしばも化膿はしていない証――

「むしばはどれも抜き時です」

そう告げた桂助は素早く痛み止めと鎮静、催眠作用を兼ねた薬を煎じて飲ませ、奥の部屋に布団を敷いて千住を寝かせた。

こうして桂助は千住品三郎のすべての虫歯を、ほとんど痛みを伴わず、僅かな出血で抜き去ることができた。

最後の一本が抜かれて塗布麻酔が切れても、少しも痛まないとわかった時、

「はい（た）が（な）い（と）はこういうこ（とだったの）か」

千住は喜びのあまりむせび泣いた。

「いかがです？　今でも歯痛を苦に自害した山王清兵衛になりたいですか？」

訊いた桂助に、

「いいや」

千住は清々《すがすが》しく息を吸い込んで首を横に振り、

「も（っと）べ（つの）も（っと）おおき（な）、ひ（とのた）め（にな）るこ（と）が（で）きるよう（な）きが（す）る」

明るい目で告げた。

「歯茎の血餅が完全に剝がれたら土手嚙みの練習が肝心です。まだお若いので完全に歯茎が歯の役目を果たせるようになるでしょう。指南はいたしますのでここへお通いください」

この時励ました桂助も心からうれしかった。

四

ところが千住品三郎は、この後〈いしゃ・は・くち〉を一度も訪れなかった。

――木床義歯を誂えることにしたのだろうか？――

居留地横浜に出入りしているさんま屋の主の話では、西洋入れ歯に使っている歯は、色こそ人の歯の色に似た象牙や陶器が使われるものの、どれも口に咥《くわ》えるだけの見せかけであるという。

その点、柘植の木肌がぴたりと上あごに吸い付くように作られている、木床義歯はほぼ自在に食物を嚙み砕くことができる。

――年齢が若いだけに、歯の無い口が年寄りのように窄《すぼ》まるのは、たとえ男でも嫌なのだろう――

桂助は、一向に訪れてこない千住は、木床義歯を使いこなしていると信じたかった。もとより蜜蠟《みつろう》をお湯で柔らかくして型取りして木床義歯を仕立てる仕事は、口中医の範疇《はんちゅう》ではなかった。

——言ってくれれば信頼できる入れ歯師を紹介したのに——

桂助は長いつきあいのある入れ歯師本橋十吾《もとはしじゅうご》に、千住品三郎のことを訊いてみずにはいられなかった。

腕の良さだけではなく、穏やかな人柄が買われて入れ歯師仲間からの信望が厚い本橋は、見知った入れ歯師たちだけではなく、元締めにまで訊いてくれたが、

「千住品三郎様というお客様の入れ歯を誂えたという者はおりません。もっとも、お若いだけに秘密にするよう口止めなされたのかもしれませんね。お歯黒をなさる女の方はそれほど拘《こだわ》らないのですが、お若い男の方は特に、柘植の下地に細工して、歯のように見せる上下前歯六本の質や出来映えに注文が多いと聞いています。この手の方々はたいてい、わたしどもに入れ歯を誂えたことを洩らしてほしくないと口止めなさいます」

苦笑しつつ桂助に告げた。

ちなみに既婚女性のたしなみであるお歯黒は、錆《さ》びた釘《くぎ》を茶や粥、酢などに浸けて、

酢酸第一鉄の鉄漿水《かねみず》を作る。鉄漿水を鉄漿椀で温めてから、房楊枝につけ五倍子《ふしこ》の粉をつけ黒変したものを歯面に何回か塗る。そのため既婚女性の入れ歯は、お歯黒を塗っているかのように見える、黒柿の木や黒檀《こくたん》で、お歯黒のような黒い歯が作られることもあった。

一方、白い前歯を見せたい男の場合は、蠟石や動物の骨ではなく、最もそれらしく見える象牙を用いるとなると、国内では入手困難なこともあり、相当な出費を覚悟しなければならなかった。

——千住様はまだ身を固めておられなかったことでもあり、きっと、ことさら女子《おなご》の目を気にもされるはずだ。ただし、部屋住みの身だともおっしゃってもいたから——

桂助は千住が最高の入れ歯を誂えることができるとは思い難く、

——本橋さんなら他の入れ歯師よりもずっと安値で、より理想に近い入れ歯を誂えてくれるはずだ——

返す返すも本橋の存在を伝えなかったことを悔やんだ。そして、千住が今、どうしているかと気掛かりになった。

久々にやってきた鋼次に千住の話をしたところ、

「患者のことを自分のこと以上に思うのは桂さんらしいや、変わんねえな」

ふんふんと頷きながらも呆《あき》れられた。

さらに鋼次から聞いた美鈴は、

「違うわよぉ」

持ち前の鋭い観察眼を発揮した。

「それって、もっと深いもんよ。桂助先生、見つからない、帰ってきてくれない志保さんの代わりに、千住って患者さんが気になって仕様がないんだわ、きっと。あれだけ冷静沈着な人って、志保さんには志保さんの想いや道があるって、自分に言い聞かせちゃうのよね、そうやって、常日頃から、寂しさとかのどうしようもない想いや情まで、押し殺しちゃってるんだと思う。だから、あれだけ熱心に一筋に治療に打ち込めるんだけどね。あたしは前から気づいてて、とっても切ないもんを感じてたわ。それと志保さんって、とっても素敵な女《ひと》だったんだと思うんだけど――」

「そりゃあ、間違いないぜ」

うっかり相づちを打った鋼次は、

「いつか言おう、言おうと思ってたけど、あんたもほんとはその志保さんって女が好きだったんでしょ？」

赤子を産んで一皮剝けた美しさだけではなく、強さも増した美鈴にじろりと睨《にら》まれたが、

「そりゃぁねえよ、志保さんは桂さん一筋ってわかってたし、恋仇《こいがたき》が桂さんじゃ、俺なんかが勝てるわけもねえんだから。女房妬《や》くほど亭主もてもせずだよ、ははははは、いないいないばあ、ばあ」

両手を顔に当てたり、離したりして、妻の背中の赤子をあやした。

たしかに志保に去られた桂助は以前にも増して治療に精を出していた。心の奥底に辛《つら》い志保への想いを、封じ込めてしまっているのだという美鈴の憶測は当たっていたのである。

――今、千住様がどうされているか、お屋敷へ伺ってみようか――

桂助はまた千住品三郎のことを案じていた。ただし、桂助自身はそれが志保を思い出す代わりの固執だとは気がついていない。これが他人事《ひとごと》として聞かされたのなら、桂助は、〝心を病まれている証でしょう〟と即刻診立てるところであった。

そんな桂助の心に棲《す》み着いた執拗《しつよう》な病巣を打ち砕くかのように、戸口を叩《たた》く音が低く響いた。このところの桂助は昼夜を問わず物音にも敏感になっている。無意識の裡《うち》に志保が戻ってくることを願っているゆえであった。

と、玄関戸の向こうに人の気配があった。

――急を要する患者さんなのだな――

桂助は戸を引いた。

「真穂さん」

朝一番で上川屋啓右衛門に付き添ってきた看取女が俯《うつむ》いたまま佇《たたず》んでいる。

「啓右衛門さんに何か?」

桂助はてっきり、啓右衛門からの使いだと思い込んだ。

「いいえ」

顔をあげて呟《つぶや》いた真穂は僅かに首を横に振った。

「ならば――」

桂助は相手をじっと正面から見つめて、

「あなたが歯痛なのですね」

左頰が腫れている様子を見てとった。

「ええ」

「どんな痛みです?」

「ずきずきと疼《うず》きます」

「熱もあるようですね」

真穂の両頬は赤く、目が潤んでいる。

「たぶん――」

「診せてください」

桂助は真穂を治療処へと誘った。

口中を診た桂助は、

――これは酷い――

「上の左の親知らずを抜きましたね」

真穂の最近抜かれたと見受けられる親知らずは、その場所が爛《ただ》れたように腫れ上がっている。

「どうやらわたしの親知らずは質《たち》がよくないようなんです。生えたと思ったらすぐに痛み出して――」

真穂は困惑気味に告げた。

乳児の時に生える歯と異なり、物事の分別がつく年頃になってから生えてくる、上下左右の一番奥の歯が親知らずであった。

最奥とあって嗽《ゆす》いでも食べかすが残り、房楊枝も届きにくく、とかく虫歯に罹りやすかった。

「親知らずは上の奥よりも、下の方が厄介なものなのですがどちらで抜かれました？」

桂助は訊かずにはいられなかった。

「あのー大道芸人にお願いしました」

真穂は目を伏せた。

――やはり大道芸で抜いてしまったのだな――

親知らずは顎が小さく生える場所が狭いと、斜めや横向きに生えてきて抜歯が大変むずかしい。歯茎の中で歯が折れ、周囲が傷ついて炎症が進んだ結果、菌が心の臓に届いて、死に到ることまで起こる。到底、口中医術に無知な大道芸人などに任せられる施術ではなかった。

「痛みのほかに症状は？」

「気のせいか、何だか、左の鼻の方までずきずき、すうすうするんです」

真穂は応えた。

「それは奥深く倒れて埋った親知らずが完全に抜けた症状なので、抜き残しがない証でむしろよかった。それでもずきずき痛むのは多少炎症を起こしているゆえなので、適切な治療が必要です」

そう告げた桂助は、あの千住品三郎を寝かせた奥の部屋に急いで布団を敷き、真穂を寝かせると、早速治療に当たった。

千住にも与えた烏頭《うず》を主とした鎮痛薬と、解毒効果のある升麻《しょうま》と竜胆《りゅうたん》の煎じ薬を与えると、ほどなくして、真穂はこんこんと眠り始めた。

この間、桂助はなぜか寝付けず、これから生えてくるであろう、真穂言うところの質《たち》のよくない親知らずの対処策を考えていた。

五

親知らずの抜歯については長崎に遊学していた時の資料があることを思いだした。西洋人医師より伝授された知識を書き留めたものである。自筆で長崎日誌と書かれている。その資料を取り出すと以下のようにあった。

遥《はる》か昔、人は誰しも親知らずが真《ま》っ直《す》ぐに生えていて、上下左右四本歯の数が多かった。その理由は大昔の食生活は、煮たり、焼いたりする料理の技が未熟で、木の実や生肉等硬い食べ物を糧《かて》にしていたからである。このような食生活を送っていると、顎が大きく発達し、親知らずも真っ直ぐに生える広さがあったものと思われる。

時代を重ねるにつれて、料理というものが格段に進化し、柔らかさも美味の一大要素ということになると、顎は次第に小さく退化し、多くの人たちが生える所を狭められた親知らずに苦しめられるようになったのである。

——そうだった、親知らずの痛みとは人の暮らしの進化、進歩に伴うものだった。その痛みは人が他の生きものと異なる証かもしれない——

なるほどと興味深く桂助は先を読み進んだ。

たいてい親知らずは、虫歯や歯茎の腫れが起きるので抜歯が必要である。年齢を経ると顎の骨と歯の根が癒着してしまうので、抜歯ができなくなり、菌が全身を冒して死に到ることもあるゆえ、若いうちの抜歯が望ましい。

親知らずの抜歯は熟練の技が要る。むずかしいのは、上の親知らずよりも下の親知らずで、未熟な技で力任せに抜こうとすると、顎の神経が切れてしまい、顎が動かせなくなり、食べることができなくなって、これまた死に到る。

最も困難な横向きに生えている下の歯の親知らずの処置について記す。この場合は塗布麻酔を充分に施し、歯茎を切開した後、骨鑿《こつのみ》で親知らずの周りの骨を少々削り、表面に出ている親知らずを割って取り出してから、奥に埋まっている残った歯を抜き取る。

そもそも塗布麻酔は下の最奥歯である親知らずには効き目が薄く、施術中に患者が痛みを訴えることがある。この場合は予《あらかじ》め、腑の出来物の末期の痛みにも用いる烏頭が主の鎮痛剤を適量、煎じて与えておいて、塗布麻酔と併用するとよい。

この最後の件《くだり》は桂助の経験知を後で書き添えたものであったが、そこで長崎日誌を閉じた桂助はふうと大きなため息をついた。

桂助は開業してからというもの、横向きに生えた下の親知らずの抜歯を幾例も経験している。歯抜き名人の手にかかった患者たちの予後は誰もが良好であった。

けれども、

――真穂さんのように大道芸人に抜かせてしまう人たちは多い――

安直な抜歯で後で苦しむ人たちのことが気になってならなかった。

――顔が腫れたり、熱が出たりするのはまだしも、唇や顎が痺《しび》れたままになったり――、こと親知らずに限っては、抜かずとも地獄、抜いても地獄を経験している人たちが沢山居る――

そんな一人である真穂は三日三晩、眠り続けて生死の間を彷徨った挙げ句、桂助の懸命な治療が功を奏し、薄紙を剝ぐように回復へと向かった。

すでに、桂助は上川屋に真穂の容態を伝える文《ふみ》を届けていて、啓右衛門からは以下の文に薬礼《やくれい》（治療費）が添えられてきていた。


うちの真穂がお世話になっております。真穂の世話の方がよろしいが、真穂がいなくなる前に別の看取女にあれこれ、細かく、わたしの世話について話してくれていたので、当面そう難儀してはおりません。

うちの真穂と書きましたが、その通りなのです。倅《せがれ》はおりますが娘はおりませんので、娘とも孫とも真穂を思っております。

先生からの文では真穂は命に関わるほどの様子だったのに、それをわたしにも誰にも見せずに仕事に励み、尽くしてくれていたのですね。何ともけなげで涙が出てきました。

どうか、そんな忠義者の真穂の治療をよろしく頼みます。早く真穂に帰ってきて貰いたいのは山々ですが、無理をして身体に障《さわ》ってはいけません。ひと月ほどそちらで充分休ませてください。

回復に効き目のある、滋養のあるものを見繕わせてお届けしますのでこちらもご笑納ください。

追

それから初めて先生に文を書きましたが、文はいいものですね。歯無しでもすらすら、さらさらと言葉がそちらに通じましょうから。

上川屋啓右衛門

藤屋桂助先生

桂助からこの文を渡され、布団の上に起き上がって読んだ真穂は、

「御隠居様がわたしにこのような――なんて勿体《もったい》ない」

感極まってわっと泣き崩れた。

若さとこの温かい文の効もあってか、真穂の回復はさらにめざましく進んだ。布団を畳んで床上げを済ませた真穂は、上川屋から届けられてきた着物に着替えると、早速、煮炊きから掃除、薬草園の世話と一時も休まず、きびきびと働き始めた。

「大変な病の後なのですから、働き過ぎはよくありません」

桂助が注意すると、

「もう病人ではないわたしがここに居るわけにはまいりませんのに、このまま上川屋さんに戻っては、ひと月は先生のところで静養するようにとおっしゃってくださっている御隠居様に叱られてしまいます。そもそも、わたしの働きなど、歯痛の苦しみから多くの人たちを救っておられる桂助先生の足元にも及びません。どうかお見逃しくださいませ」

真穂はすがりつくような目を向けてきた。

──真穂さんの目はいつも思い詰めていて、しかも誰に対しても優しい──

「仕様がありません」

桂助は渋々、真穂が桂助の許《もと》で働くことを認めた。正直なところ、家事や薬草園の世話に手間をとられない日々の暮らしは、さらに一層、口中医の仕事に専心、専念できて有り難かった。

──これはまるで──

志保が居てくれた時のようだと思いかけて、

──違う。実際、あの頃は独り者だった鋼さんも始終出入りしてて、白牛酪を使って珍しい、タルタ（タルト）やクウク（クッキー）等を作って食べたりして、皆でわいわいと楽しむこともあった。タルタの中身は唐芋《からいも》と南瓜《かぼちゃ》、栗《くり》等の餡《あん》で、クウクは志保さんと鋼さんが各々工夫した型で抜いて焼いた。志保さんのは星型で鋼さんは変哲のない丸型で、お日様だと言って譲らなかった――

桂助は頭を大きく横に振った。

――昔の思い出に耽《ふけ》るのは後ろ向きだ、断じてよろしくない――

そう自戒した桂助の許にあの上川屋啓右衛門から白牛酪が届けられてきた。

今は桂助たちが長崎伝来の西洋菓子を作っていた頃よりも、広く白牛酪は出回っているものの、真穂には馴染みがなかった。

「よい匂いのような、そうでないような――」

匂いを嗅《か》いで首をかしげるばかりであった。

――そうだ、これだ――

閃《ひらめ》くように思いついた桂助は、

「歯無しの人こそ美味《おい》しく食べられるボーロを作ってみようと思います」

早速、厨《くりや》に立った。

材料は、卵、片栗粉《かたくりこ》、白砂糖に白牛酪である。

まずは卵を割り、卵黄だけを取り出す。大鉢にこの卵黄、砂糖を入れ、菜箸《さいばし》でよく混ぜ合わせる。小麦粉を加え、菜箸を箆《へら》に持ち替えて混ぜ合わせる。丸めやすい固さになるように、様子をみながら牛の乳少々を加えて混ぜる。

これを小指の先ほどの大きさに丸め、竈《かまど》にかけた厚くて大きな鉄鍋に並べ、焦《こ》がさないように気をつけて、弱火でじっくりと千数えて焼き上げる。小さいのにわりと時がかかるのは球形の厚みゆえである。

「どうして、卵の白身も入れないのですか？」

真穂に訊かれた。

「答えはご自分でどうぞ」

桂助は残っている卵と片栗粉、砂糖で真穂に作ってみるよう勧めた。

「卵の黄身も白身も一緒に入れる時は、片栗粉と砂糖を倍にしてください。白牛酪の量は変えません」

桂助の助言で真穂は全卵を使ったボーロを仕上げ、卵黄だけの桂助のボーロと食べ比べた。

「あらっ」

真穂は意外な顔になった。

「白身入りのボーロは固く仕上がって、口の中でふわりとは溶けないんですね。黄身だけの方が美味しい」

「そうなのですよ。口に入れたとたん、泡雪のように溶けてなくなる旨味《うまみ》が、わたしはボーロの醍醐味《だいごみ》だと思うのです。長崎で知ったのですが、西洋ではこれはどうやら、歯の無い赤子の食べ物のようです」

桂助は微笑みながら、舌の上にボーロを載せた。

六

「先生がさっきおっしゃった、ボーロは歯無しの人こそ美味しく食べられるっていうお言葉、じんと心に染みました。是非とも上川屋の御隠居様にお作りしてお届けしたいです」

「それはとてもよい考えです」

「わたしに歯無しの方の言葉を学ばせてくれた長屋の人たちにも――」

「卵や砂糖、片栗粉、それに白牛酪も沢山残っています」

「それから、早くに亡くなった両親《ふたおや》の代わりに育ててくれた祖父母のことも思い出しました。最後は歯無しになって食が細くなって命を終えました。わたしは世話になるばかりでとうとう何の恩も返せず終《じま》いでした。それでせめて、このボーロを食べさせてあげたかったと切に思うんです」

「どうか墓前に供えて差し上げてください」

「そうさせていただいてもまだ、白牛酪は残りそうですね」

「たしかに風味づけも兼ねて、卵と砂糖、片栗粉を混ぜ合わせるための白牛酪はさほど多く使いませんから――」

「滅多に手に入らない珍しい白牛酪を余してしまっては勿体ないわ」

「まあ、そうですが――」

「白牛酪を使い切ってしまうまで、このわたしにボーロを作らせてくださいませんか？　ここへは上川屋の御隠居様のような歯無しの方や歯や口中を病む方がおいででしょう？　出来たボーロをそのような方々にさしあげてはと思うのです」

――そうできたら、歯無しの方だけではなく、歯や歯茎の痛みのためにろくろく食べられずにいる患者さんたちに、どんなにか喜んで貰えることだろう、けれども――

「鉄鍋で焼くのは時もかかり、数多くとなると大変ですよ」

桂助は真穂の手間を案じた。

「さっきも言いましたように、おかげ様でわたしはもうこの通り元気です。ですので、元気しか取り柄のないわたしにできることをさせてください。助けていただいた恩返しに先生のため、いえ、この〈いしゃ・は・くち〉のためになりたいんです。やらせてください、お願いです、この通りです」

真穂は深く頭《こうべ》を垂れた。

「ほんとにいいのですね？　それでは疲れたと感じたら、必ず休むと約束してください。その上でお願いします」

桂助は慎重に頼み、

「ああ、よかった、うれしいっ」

にっこりと笑った真穂は黒目がちの目をきらきらと輝かせた。

「それでは白牛酪以外の材料を頼むことにします。啓右衛門さんからいただいた白牛酪を使いきるとなると、うちにある卵や砂糖、片栗粉だけではとても足りません」

桂助は早速、人を頼んで手配をした。

そしてこの夜、いつになく明るい気持ちで寝入った桂助だったが、明け方近くになって、黄金色のボーロが黒変する夢を見た。

夢の中で竈に立ち続ける真穂の襷掛《たすきが》けをした後ろ姿がまず見えた。

〝ああ、ああやって、真穂さんが熱心にボーロを作り続けていてくれるのだ〟

そこまでは心穏やかだったが、突然、目の前がボーロで覆われた。すでに真穂の姿はどこにもなく、桂助自身が小さくなったのか、ボーロが際限なく膨れ上がったのか、どちらかはわからない。

ボーロは黄金に似た鮮やかな黄色である。見つめるしかないままでいると、ボーロの中ほどに黒い点がぽつんと出現した。

〝ボーロとは蝶《ちょう》の卵でもあったのだな〟

桂助は幼い頃、カラタチの垣根で見つけた蝶の卵に思い到った。針の先ほどのその卵は艶々《つやつや》したやはり黄金色で、黒い点が次第に大きく育って黒毛の幼虫が生まれ出る。

やがて今度は蠢《うごめ》いている幼虫だけが視野になった。

〝しかし、幼虫がこれほど大きく丸いものなのか？〟

この時、桂助は突然、大きな穴のように見えた黒い闇に襲いかかられたような気がした。

〝呑み込まれる〟

たしかにそう感じた。

闇はそんな桂助を嘲笑《あざわら》うかのように、ぱっくりと大きく縦に割れた。黒さの中に赤さが見えた。強力に吸引されて、桂助はぬらりとした赤い肉の中に吸い込まれていく。

〝千住様〟

自分を呑み込んだのが、歯無しの処置を施した千住品三郎の口中だとわかったとたん、

「助けてくれ」

桂助は全身を冷たい汗で濡《ぬ》らしつつ目を覚ましていた。

——まさに悪夢だった——

外はうっすらと空が白んできている。

ボーロが焼ける甘い匂いが桂助の部屋にまで漂ってきていた。

桂助は十徳《じっとく》を羽織ると、

——夢の始まりに真穂さんが出てきていた。もしや、病み上がりの真穂さんの容態に何かあったのでは？——

「休みすぎ、眠りすぎでどうせ今夜は眠れそうにないんですもの、ここできりがつくまでボーロを作らせてください。だんだん焼き方のコツがわかってきて楽しくて仕様がないんで、あたし、夜っぴて作り続けてしまうかもしれないわ」

そう告げた真穂が根気強くボーロ作りに精を出しているかもしれない、夢の中でその後ろ姿を見た厨へと急いだ。

厨の台の上は皿と大鉢で埋め尽くされていて、皿の上にはボーロが載っている。ボ

ーロは重ねることができないので、焼き上がって鉄鍋から皿に移され粗熱《あらねつ》が取れたところで、大鉢に溜《た》められていた。

大鉢には溢《あふ》れんばかりのボーロが出来上がっている。竈の火は落ちていて真穂の姿は見えない。

――きりがついたので部屋へ戻って寝ることにしたのだろう――

それでも桂助は気になって真穂が床を取る奥の部屋を改めた。

――いない――

部屋には真穂の姿はなく、床ものべられてはいなかった。

――どうしたのだろう――

桂助は不安を募らせながら家中を探した。

真穂は書棚や薬棚のある治療処に居た。文机《ふづくえ》にもたれて寝入っている。すうすうと安らかな寝息を立てている真穂の顔は、昼間、相手に細やかな気遣いをしている時とは異なり、幼さが感じられ無邪気そのものに見える。

――ボーロ作りをしているうちに疲れてうたた寝してしまったのだろうが、なにゆえ、厨ではなくここに居るのだろう?――

不審に思った桂助の目に文机の上の紙袋が目に入った。小皿にとられた残り飯を使った糊粒《のりつぶ》と、紙袋が出来るよう糊代《のりしろ》をつけて切られている白い紙も見える。

硯《すずり》には墨がすられていて、真穂の右頬は手にしている筆の先が当たって墨で汚れている。

――まるで正月の童女《わらわめ》たちの羽子板遊びのようではないか。たしか、あれはつき損じると顔に墨が使われるのだったな――

墨のせいでますます真穂の顔は幼げに頼りなく見えた。

――おや――

桂助は紙袋に書かれている文字にも気がついた。

――たまごの実――

たまごの実と書かれている袋は三袋だけで、そこで疲れて真穂は眠ってしまったようだった。

――たしかにボーロというより、たまごの実と名づけた方が親しみが湧く――

桂助はしばし悪夢を忘れて微笑んだ。

この後、桂助は奥の部屋に布団を敷くと、うたた寝の様子で熟睡している真穂の手から筆を取り上げ、そっと抱き上げて奥の部屋へ運んだ。

――そうだ――

ふと思いついて桂助はたまごの実と書かれた紙袋を枕の横に置いた。

――たまごの実という名は何とも上等の稚気を感じさせる。この真穂さんの寝顔と釣り合ってもいるし、滋養のある卵が主のこの菓子が、口中を病む全ての患者さんたちを優しく癒すのだと思うと、曰《いわ》く言い難くうれしい。きっとその想いは名付けた真穂さんも同じだろう――

桂助はたまごの実、たまごの実と心の中で何度も繰り返した。繰り返すたびに、先ほどの悪夢が遠のいていくような気さえした。

さらに空が白んできている。

――今日ばかりはわたしが世話をしなければ――

桂助は勝手口から出て隣接している薬草園へと向かった。

一瞬、たまごの実が頭をよぎって、まだ開花には間がある菜の花をそこかしこに見たような気がした。

――やはり、悪夢が完全に去ったわけではない――

桂助は慄然《りつぜん》とした気持ちになったが、

――悪夢などに囚《とら》われてなるものか――

背筋を常にも増してぴんと伸ばして芽吹きの時期の薬草たちを見廻り、必要に応じて水やりをしていた。

七

すると、

「藤屋、藤屋、わしだ、わしだ」

表から聞き慣れた声がした。

――あの声は友田《ともだ》様だ――

友田達之助《たつのすけ》は四十歳に手が届くというのに、まだ独り身の南町奉行所定町廻《じょうまちまわ》り同心である。

酒好きゆえに年々、酷くなる歯草を病んでいた。酒の飲み過ぎは肝の臓等によくないだけではなく、口を嗽《ゆす》がずに寝るという事態にもなっている。寝入っている間に口中で発酵する酒が歯茎を蝕《むしば》むのであった。

その上、いくら桂助が口を酸っぱくして説教しても、房楊枝で口中を清めようとは決してしないのであった。それゆえ、今では友田の口は常にドブ臭さを放っている。

「友田様の歯草は酒歯草です」

桂助は口中摂生の足りない友田に半ば呆れていた。

——このままでは友田様はいずれ歯無しになる。そろそろ、思い切ってそう告げてみるしかないかもしれない——

桂助は水桶《みずおけ》を手にしたまま、薬草園の表門から出て、〈いしゃ・は・くち〉の戸口の前で大声を上げていた友田に背後から声をかけた。

「おはようございます、また、歯茎がお痛みですか？」

このところ、友田は時折、歯茎が腫れる堪え難く疼くような痛みを訴えて、一睡もできず、こうして早朝に桂助を訪れるようになっていた。

「よう、藤屋」

友田は横柄な挨拶を返した後、

「歯茎の痛みはそれほどでもない。痛むのはここでな」

喉の辺りをしきりにさすった。

「痛むのは喉の中ですね？」

「ん」

「いつものように深酒のまま眠ってしまったりなさったのでは？」

「まあな」

「ならば風邪《かぜ》の引き始めでしょう、ご注意ください」

「早速、治療を頼む。よく眠れず、本音はおまえに往診を頼みたいところだったのだが、深夜では申し訳ないと遠慮し、何とか堪《こら》えていたのだ」

友田は傲岸《ごうがん》に言ってのけ、

「それでは拝見いたしましょう」

桂助は口を開けた相手と治療処で向かい合った。

悪臭に閉口しつつ、

「まずはうちの特効薬で口中を清めてください」

乾燥させたハッカ（ミント）の葉と、ヒロハラワンデル（ラベンダー）の花穂《かすい》を煎じて冷やした汁での嗽《うがい》を促した。

嗽薬の特効薬は最近、桂助が思いついて調合し煎じているものであった。

次に、口中用の篦《へら》を使い舌を押さえて喉を診た。

「赤いです。やはり風邪ですね」

「年齢のせいか、風邪を引きやすくなっていかん。何とかならぬものか」

まるで友田は頻繁に風邪を引くのは桂助のせいだといわんばかりであった。

「歯茎に膿も溜まっています。取り除いておきましょう」

友田は顔をしかめた。歯草の膿の処置は多少の痛みを伴う。

「動かないでくださいよ」

桂助は歯草の膿取り用の小さな篦《へら》を巧みに動かし、排膿される血膿《ちうみ》を懐紙に吸わせ続けた。

終わったところで、

「また、特効薬で嗽をお願いします。口だけ嗽ぐのが先で五度、喉まで落としてがらがらさせるのも五度。計十度です」

やや厳しい声で命じた。

「めんどうだな」

友田は子どものように両頬を膨らませて、

「それに痛みが減ったとたん、腹も空《す》いてきた。何やら、ここには甘い、よい匂いがするではないか。菓子か？」

くんくんと鼻をひくつかせた。菓子は左党《さとう》甘党両刀使いである友田の大好物であった。

そもそも捕り物以外は万事に怠け癖のある友田は、痛みに堪えかねた時にだけ、

「また、あれかあ」

〈いしゃ・は・くち〉を訪れるだけで、おさまるとすぐに帰りたがり、喉元過ぎた熱さは決して思い出さない場当たり的な楽天家であった。

「あれはたまごの実です」

「それがその菓子の名か」

「はい」

「本来、花も実もない卵に菓子の実がついたとしたら、さぞかし美味《うま》かろうな」

意外に粋な物言いをした友田はごくりと生唾を呑んだ。

「絶品です。ですが、わたしに従って治療の仕上げをしてくださらなければさしあげられません」

桂助の声はさらに厳しさを増した。

「わかった、わかった」

友田は肩をすくめて頷くと、桂助に従って特効薬で口中や喉を清め始めた。桂助が用意した盥《たらい》に嗽の特効薬を吐き出していく。やると決めて始めると、人並み以上に熱心に律儀にやり抜くのもこの男の性質であった。

「それから一つ、二つ、申し上げておきたいことがございます」

桂助は意を決した。

「言ってよし」

友田は嗽の合間に頷いた。

「先ほど、風邪をよく引くようになったとおっしゃいましたが、友田様の場合、その風邪と歯草は深い関わりがございます。人は若くはなりませんので、年を追うごとに身体の力が弱ります。歯草は人の力の弱りとは反対に強く勢いを増します。おそらく風邪を引きやすいのは、威勢がよくなった歯草が喉にも何らか悪さをしたからなのです。人によっては喉を経て肺の臓にまでこうした悪さが進むと、一夜のうちに亡くなってしまいかねません。歯草はむしば同様万病の元とお心得ください。そしてどうか、常に口中を清めて歯草退治に励んでいただきたいのです」

「わかった、ならば、今の嗽薬をわしにくれ」

嗽を終えた友田は真顔で無心した。

「そういたしましょう」

桂助は乾燥したハッカとヒロハラワンデルを混ぜた嗽の特効薬を薬袋に入れつつも、

――どうせ、これもこの場限りで明日には、いや今日の夜には忘れてしまわれるのだ――

失望のため息が喉元まで出かかったが、

「さあ、これでたまごの実とやらにありつける、たまごの実、たまごの実」

歌うように繰り返して立ち上がった友田は、甘い匂いが漂ってきている厨へと向かった。

「旨い、旨い、溶ける、溶ける、ふわふわふわ——。こんな旨い菓子があるとは知らなかった、止まらない」

厨にどっかりと胡座《あぐら》をかいた友田は、

「昨日の夜は痛みで酒しか飲んでおらぬゆえ、これは夕餉と朝餉の代わりよな」

股の間にたまごの実が溢れている大鉢を抱え込んでいる。

「しかし、口中医のおまえが何で、薬でもないこれほどの量の菓子を作るのだ？」

訊かれた桂助は、

「このたまごの実はたとえ歯が無くても、痛みに苦しんでいて歯や歯茎が使えない時も美味しく食べていただいて、不足しがちな滋養を補える、菓子であり食べ物なのです。美味しく食べることは人の心の支えや生き甲斐《がい》にもなるのですから、たまごの実は心癒しの薬でもあるのです」

「なるほど、なるほど」

相づちを打ちながらひたすら食べ続けている友田に、

「申し上げたいことがもう一つありました」

桂助は切り出した。

「まだ、あるのか」

「はい」

「まあ、いいだろう」

友田は二鉢目のたまごの実の大鉢に取りかかっている。

「食べるついでにお聞きになるのでは困ります」

「そんなことはないぞ、ええい、焦《じ》れったい」

友田はとうとう、大鉢を掲げ持って開けた大口へとその中身をどっさり送り込んだ。

「わたしは友田様の歯草の行く末を案じております」

桂助の言葉を、

「それは昔からだろうが」

友田は難なく躱《かわ》した。

「先に話しましたように、酒が禍《わざわい》している上に、お年齢《とし》も確実にとられているというのに、口中の清めがまるで足りていません。そのせいで、友田様の歯はむしばでもないのに、もう何本も抜けてきています。このままではいずれ、歯茎から全ての歯が無くなってしまいます。歯無しでは食べたいものも食べられず、寿命も確実に縮まります。今からでも遅くありません。どうか、特効薬での嗽と房楊枝による食べかすの取り除きや、歯茎の鍛錬に精を出していただきたいのです。努力してください」

　ふんふんと聞いていた友田は、

「そうは言っても、酒は嚙まずとも済むし、おまえが勧める心癒しの薬、口中でたちどころにふわりと溶けるたまごの実は、歯無しでも充分旨さが味わえるのではないか？」

　珍しく絶妙な反撃を企ててきて、

　――これはまいった、たまごの実と歯草で歯無しにならないようにとの忠告を、一緒にしたのはいけなかった――

　桂助は思わず苦笑いした。

第二話　桂助香り草

――敵は手強《てごわ》い――

一

たまごの実を食べ続ける友田《ともだ》を前に、しばし桂助《けいすけ》が言葉を失っていると、

「先生ーっ、桂助先生ーっ」

戸口でまた聞き覚えのある声が響いた。

桂助が急いで応対に出ると、

「友田の旦那が来てませんか？」

下っ引きの金五《きんご》が立っていた。

痩せてひょろひょろと手足が長く、背も高い蚊とんぼのようなこの若者は、友田の下で働いていた岡っ引きが病で倒れて以来、代わって務めを果たしてきていた。

下っ引きの僅《わず》かな駄賃では暮らしが立たないので、金五は白狐《しろぎつね》の着ぐるみ姿で飴売《あめう》りに精を出していた。大きくて手足が長い白狐はなかなか頼もしい様子だと、子どもたちだけではなく、町娘たちからも人気があった。

もっとも、酒を酌み交わしていると必ず、生きてきて女にモテたことがないと相手

に愚痴る友田に言わせれば、

「瘦せがもこもこに綿が入った着ぐるみで隠れるからよな、ふん」

ということになるのだが——。

「ずいぶん前からおいでです」

桂助は微笑《ほほえ》みつつ頷《うなず》いた。

「役宅に行ったらいなかったんで、たぶんとは思ったけど、やっぱり、そうだった、すいません」

金五はすまなさそうに頭を下げた。

「いつものことですから。それより、朝早くからあなたが探し歩いているからには、友田様に急用なのでしょう？」

「そうなんです」

「もうとっくに手当ては済んでますから、呼んできましょう」

桂助が厨《くりや》に向かおうとすると、

「なんだ、なんだ、なんだ」

友田がたまごの実の大鉢を抱えて戸口までやってきた。

「旦那、お役目です。骸《むくろ》が出ました。すぐに駆けつけないと」

今までとろんとしていた友田の目にほんの一瞬鋭い光が走った。

「骸と聞いてはこうしてはおれぬな」

やや名残惜しそうではあったが大鉢を床に置くと、

「ちと腹ごなしもしたくなった。骸はどこだ？　日本橋か？　神田か？　それとも両国？」

「品川宿です」

金五はさらりと応えたが、

「むむむむ」

友田は大きく目を剝《む》いて、

「今日で月が変わった。今日からは北町奉行所のお役目のはずだぞ、違うか？」

金五に迫った。

「たしかに今日からは北町のお役目だけど、おいらが知って駆けつけたのは昨日の夕方のことなんで――」

「何でそんな余計なことを――」

友田は金五を睨《にら》んだ。

「骸か――」

「だって昨日までは南町が月番なんだから、おいらや旦那が駆けつけなきゃいけない道理でしょ、おいら、間違ってない」

金五は少しも臆《おく》していなかった。

「とはいえ、この聖堂から品川宿はあまりに遠い」

「遠くたってお役目は果たさないと」

品川宿は宿場町ではあるが、お上が決めた朱引《しゅび》きの南端とされ、町奉行所の管轄であった。

「若いおまえはいいだろうが――」

友田はやや恨みの籠もった目で金五の長い足を見つめた。金五の走りは持久力と俊足を兼ね備えている。

「どんな骸でしたか?」

初めて桂助が言葉を挟んだ。

金五は脚力のほかにも、一度目にして記憶に刻んだ事柄は決して忘れないという得難い能力の持ち主であった。

「誰とも知れない男だった。裸で顔も身体《からだ》もだいぶ傷んでいた。全体に逞《たくま》しかったから若いと思う。特に腕の付け根の肉の盛り上がりが凄《すご》かった。あれは羨ましいほど鍛えられた身体だよな。生きてた時は相当の手練《てだ》れだね、きっと。あと、腐りかけてた手が懐紙の包みを握ってた。懐紙が破れて見えた中身は、茶色い塵《ちり》みたいなものだった」

金五は相変わらず、優れた観察力に基づく記憶力を発揮した。

「身体に刀傷はなかったですか？　骨にまで達していたら分かるのですが」

「うーん。ないよ」

金五はきっぱりと言い切った。

「ならば殺しではなかろう」

憮然《ぶぜん》と言ってのけた友田だったが、

「考えられるのは毒だけど、自分で飲んで自害したのか、飲まされたのかはわかんないと思う」

金五の的を射た言葉に、

――腕に覚えのあるものが毒を呷《あお》って自害するものだろうか？――

桂助は思った。

一方、

「駕籠《かご》でなら行ってもいい」

友田は呟《つぶや》いてはみたものの、品川宿までの駕籠賃など、三十俵二《に》人扶持《にんぶち》の同心の分際で都合できるわけもなかった。

「藤屋《ふじや》がたまごの実をどっさり薬籠《やくろう》代わりに背負って同道するのなら、わしも行く」

とうとう友田の駄々は頂点に達した。

「先生は誰よりも頼りになるけど、迷惑ってもんだよ、旦那」

金五は期待半分で桂助の方を見た。口中医の桂助は歯抜きの名技の他に、下手人《げしゅにん》探しにまつわる謎解きの閃《ひらめ》きに長《た》けていて、何度も友田に手柄を立てさせていた。

「いいでしょう、お供いたします」

桂助は頷《うなず》いた。

――鍛え上げられた手練れと思われる身体つきと、懐紙に包まれていた茶色い塵のようなものがどうにも気にかかる――

こうして友田と金五、桂助の三人は品川宿を目指すことになった。

桂助はまだ眠っている真穂《まほ》に以下のような文《ふみ》を残した後、戸口に本日休診の札をかけた。

あなたが作ってくださったたまごの実は、口中を病むつきあいの長い患者さんに差し上げたところ、こんな美味《おい》しいものはないと、とても喜んでいただけました。わたしはこれから急な用で丸一日家を留守にして、帰りは明日になるかもしれませんが、引き続き作ってくださると有り難いです。

桂助

真穂さんへ

「まあ、日和《ひより》がいいのが救いというものだ。これが雨や雪ではかなわん」

などと途中友田は洩《も》らしつつ、時折、桂助が背負った薬籠のたまごの実に手を伸ばして口に運んだ。

品川宿では、すでに骸は番屋《ばんや》に運ばれていた。友田が腰高障子を開けたとたん、特有の異臭が鼻を掠《かす》めた。

——こいつはかなわん、かなわん——

眉をしかめた友田が、

「わざわざ南町奉行所より急ぎ来た、定町廻《じょうまちまわ》り筆頭同心友田達之助《たつのすけ》だ、骸を検《あらた》める」

詰めていた番太郎に怒鳴りつけるように挨拶すると、

「お、お待ち申し上げていました」

白髪混じりの老爺《ろうや》が深く腰を折った。

――定町廻り同心に筆頭なんて役職あったかな？　法螺《ほら》？――

生真面目《きまじめ》な金五は不審そうに桂助の方を見た。

――まあ、いいじゃないですか――

桂助は目だけに笑みを浮かべて応えた。

「市中一、骸検分に優れた腕を持つ医者とその助手も同道した」

友田の法螺に続いて、

「ただ今、友田様よりお話しいただきました藤屋桂助です」

悠揚迫らざる《ゆうようせま》様子の桂助は慌てずに告げ、

「助手の金五です」

もう一人も倣《なら》った。

「それはそれは有り難いことで――」

番太郎は番屋の土間の隅に置かれていた筵《むしろ》を取り去った。金五の伝えた通り、褌《ふんどし》さえ取り去られて、生まれたままの姿の下腹部の一物《いちもつ》が男の証《あかし》である以外、顔の見分けは全くつかない。

「それでは検めさせていただきます」

桂助と金五は手を合わせると、屈《かが》み込み、友田は片袖で鼻を被《おお》いつつ二人の後ろに立った。

「骸がどのようなところで見つかったのかお話しいただけますか？」

桂助は番太郎に訊《き》いた。

「ここは賑《にぎ》やかな宿場町です。簀巻《すま》きにされたこの骸を見つけたのは、旅心《たびごころ》という風流な名の老舗旅籠《しにせはたご》の主《あるじ》でした。この旅籠の前には、見事なしだれ柳が植わっていて人気を呼んでいます。この宿場きっての風物の一つです。何でも、このしだれ柳は江戸開府の頃から見事な姿を見せていたそうで、しだれ柳の種が権現《ごんげん》様のご意向でここまで飛んで自然に芽吹き、旅心の初代の商いを助けたと言われています。旅心の代々の主たちは、権現様がしだれ柳の神になられて、今でも自分たちの商いを見守っていてくださると信じています。それもあって旅心は柳一番とも呼ばれています」

「話が長いぞ、柳の話などどうでもいい」

友田に叱りつけられたが、

「柳だけは、どうでもよくなぞありませんので」

番太郎は毅然《きぜん》として言い切り、

「しだれ柳は春から晩秋までさらさらと長い葉が風にたおやかに揺れて、目を楽しませてくれますが、冬には枯れて、今もまだぽつぽつと緑が芽吹いている程度でしょう？　旅心の主はしだれ柳の下でこの骸を見つけられたのでは？」

桂助が言い当てると、

「そうなのです。これがしだれ柳の葉の落ちていない時なら、こうは早く見つからなかったかもしれないと主は言っています。何しろ、ここのしだれ柳はどこのものよりも、葉が長く、根元のあたりの見通しがきかなくなるほどなので。野犬や烏《からす》に骸が食われなくてよかった、これも権現様の有り難い思し召《おぼめ》しだと言っています」

相手は信頼の籠もった目を向けてきた。

二

「仏さんはこの町のもんじゃないって言い切ったのは番太郎さんだよね」

金五が念を押すと、

「宿場町のここじゃあ、盗みやかっぱらい、酒を飲んでの喧嘩《けんか》、飯盛《めしも》り女たちの客の取り合いはありますが、殺しや自害というのは滅多にないし、ましてや有り難い上に人目につくしだれ柳の下に骸が放り出されるなんてこと、ありはしないんです。それにこの骸ときたら、死んだ理由《わけ》がわかりません。こんなおかしな骸、この町じゃ願い下げだし、この町のもんであるわけないんです」

番太郎は理に適《かな》わない心情を発露させ、

「この様子からはここの者でないかどうかはまだわからんぞ」

珍しく友田が正論を吐いた。

この間、桂助は骸の観察に専念していた。

「骸の両手両足の爪に土が詰まっています。すみませんが、他に土が付いている箇所を探してくれませんか？　これはかなり大事なことなので二人の目で確かめておきたいのです」

桂助は金五に頼んだ。

桂助を敬愛している金五は、

「合点承知」

早速見たものは決して忘れない記憶の目で骸の全身を点検して、

「土は一物と後ろの口、脇の下の毛に付いてるけど、髷《まげ》が崩れてる頭の毛にはついてない。あっ、それから、顔と首にも土はない。両目の睫《まつげ》にも両耳の穴にも、口にも付いてない。ということはたぶん——、よーし、念のため——」

骸の口の上下に両手の指を当てた金五は腐りかかっている青黒い骸の顔を見ないようにして、ぐいとこじあけた。

あっと番太郎と金五が叫び、

「これは？　何だ？」

友田は後ずさった。

若く逞しい身体つきの男の口中には歯が一本も無かったのである。

――これは――

一瞬桂助の心は驚きと悲しみで占められた。

しかし、この後、桂助は金五が口から手を離した後を引き継ぐと、唇を押し開けて、口中医の目で口内を診《み》ていた。

「この男、歯を全部抜くという責めで命を落としたのかも――」

金五が震え声で呟き、

「そんな責めをやる奴《やつ》は冷酷な極悪人だな」

友田も歯の根が合わなくなり、

「そんな酷《ひど》いことする連中が、この町に来てるってわけですかい？　くわばら、くわばら」

番太郎は全身をぶるぶる震わせた。

「案じることはありません」

桂助は骸の押しあげていた唇から指を離して口を閉じさせた。

「この骸の歯は歯抜きの腕のある者によって行われています。歯茎から血餅《けっぺい》が剝《は》がれて綺麗《きれい》な土手になっていますから、昨日今日の処置ではありません。歯抜き鉗子《かんし》等を使った、責め苛《さいな》むことが目的の歯抜きが行われたのだとしたら、あちこち口中に傷が残っていて、歯茎から噴き出した多量の血が固まって塊が残っているはずです」

「責め歯抜きで死んだわけじゃないんだね」

金五はほっと胸を撫《な》で下ろし、友田と番太郎もふうと安堵《あんど》のため息をついた。

「大事なのは土です。金五さんが言った通り、目や耳同様、この男の口中に土は見あたりませんでした。それと――」

桂助は薬籠から物を大きく拡大してみせることのできる天眼鏡《てんがんきょう》（虫眼鏡《むしめがね》）を取り出すと、骸の首の肌を慎重に検めた。

「顎《あご》に近い部分に土は付いていませんが、鎖骨に近くなるとごく僅かの土が、さらに肋骨《ろっこつ》の方へと下がると、付いている土の量が増えています、これはこの男が土の中に首だけ出して、埋まっていた、あるいはそのような姿で埋められていた証ではないでしょうか」

　桂助はきっぱりと言い切った。

「しかし、何のためにそんな厄介な死に様なのか？」

　友田は頭をかしげ、金五も釣られて首を傾けた。

「骸は簀巻きになっていたということでしたね」

　桂助は番太郎に念を押した。

「はい」

「その簀巻きに使われていたのは掛けてあったこの筵ですか？」

「いいえ。土で汚れててあんまり汚いんで、これじゃ仏が不憫《ふびん》すぎるって、旅心の主がこれを捨てて、お持ちの綺麗な筵に替えてくれたんです。ったく慈悲の心のある感心なお方です」

　番太郎は旅心の主の人徳に心酔しているようだったが、

「簀巻きがどうしたというんだ？」

　桂助の意図がわからない友田は苛立《いらだ》った。

「自分で死んで簀巻きになれるわけがないのでこれはほぼ殺しです。ほぼと申し上げたのは、裸の骸を哀れんで簀巻きにしたかもしれないとも考えられるからです。けれども、それでしたら、筵はそれほど高いものではありませんし、旅心のご主人がなさったように土で汚れた筵は使わないでしょう。簀巻きが土で汚れていたということは、筵も常に土の上に置かれていて、繰り返し使われていたのではないかと――」

桂助の指摘に、

「繰り返しって、骸を包んで捨てる繰り返しってこと？」

金五はぎょっと目を瞠《みは》った。

桂助は黙って頷き、

――千住《せんじゅ》様、闇に呑み込まれたのはわたしではなく、あなただったのですね――

千住品三郎《しなさぶろう》の右手が握っている、金五が見つけた懐紙に包まれた茶色い塵をじっと見つめて、そろそろと自分の掌《てのひら》に移し取った。

鼻を近づけて嗅《か》いでみる。

――間違いない――

「何をしておる？」

友田は咎《とが》めるように訊いた。

「実はこの骸はわたしの患者さんだった方です」

桂助は初めてその名を告げた。

「わかった、このお侍さん、先生んとこで歯抜きしたんだね」

金五はすぐに察したが、

「しかし、真っ裸で印籠《いんろう》一つ持ってはおらぬのだぞ」

友田はまだ得心のいかぬ様子であった。

「何よりの証がこれなのです。乞われて、〝まずはお試しください〟と言って、この嗽《うがい》用の煎《せん》じ薬を懐紙に包んで、この方にお渡ししたことがありました」

桂助は掌の茶色い塵のように見える、ハッカとヒロハラワンデルが混ざった煎じ薬を、友田の鼻先へ近づけた。

長い間死者の手に握られていたせいで、口中の清めを目的とする、本来は清々《すがすが》しい匂いのこの煎じ薬にも、堪《たま》らない腐敗臭が混ざっている。

「ううう、たまらん、止《よ》してくれ」

友田は仰《の》け反《ぞ》ったが、金五と番太郎はそれぞれ意を決してこの匂いを嗅いだ。

「微《かす》かに馴染《なじ》みのある匂いがする。たしかにこの匂い、さっき、〈いしゃ・は・くち〉に漂ってた。ん、先生のとこの匂いだ」

金五は合点し、

「死人の匂いってえのは一度嗅いだら忘れられない、一生染みつくって聞いてますから、どんなんでも勘弁してほしい臭《にお》いですよ。でも、これで仏さんはここのもんじゃないとはっきりしましたね」

義理で桂助の掌に向けて頭を向けた番太郎は、しきりに顔を顰《しか》めながらもほっとした表情になって、

「そうと決まったら、そちらで引き取ってくださるんでしょうね？」

桂助と友田の顔を交互に見た。

「まさか、このわしに骸を背負って行けというのではあるまいな」

友田は吐き捨てるように言い、

「おいらが引き受けるよ。先生んとこの患者さんだし、この年齢《とし》で歯無しになってた上、こんな目にまで遭うのは気の毒すぎるもん」

金五は造作もないことのように言った。

「あんた、若いのに感心だね。けど、仏さんの住まいはどこなんですか？　市中までだってかなりあるのに北のはずれだったらかなりの道のりですよ。それこそ、臭いだって、一生染みついてしまう」

番太郎は気の毒そうな顔になったが、

「わたしも交替で背負いますから大丈夫です」

桂助が助け船を出すと、

「まあ、ご苦労なこってすけどよろしく」

もう、このことは考えまいと頭を横に振り、今度は友田に顔を向けて、

「そろそろ少しずつ空が暗くなってまいりました。まだまだ春は走りです。お役人様方に検分においでいただいても、お発《た》ちになるのは明日早朝になるだろうからと、旅心の主が皆様のために宿を用意しています。どうか、宿場町の湯でお疲れを癒して、明日に備えてください」

取り繕った笑顔を見せた。

「それはよく気のつくことだ」

友田の機嫌はがらりとよくなった。

こうして、桂助たちは旅心に泊まることとなり、

「温泉ではないがよい湯であったぞ、おまえらも早く入って来い」

酒も供されて、友田はすでにほろ酔い気分でいる。

桂助と金五が浴びる程度に湯を使って部屋に戻ってみると、品川宿ならではの白茎の長い根深葱《ねぶかねぎ》を網焼きにして、海苔《のり》で巻き、醤油《しょうゆ》に浸して食する葱の海苔巻きと葱鮪《ねぎま》鍋《なべ》、やはり根の長い品川蕪《かぶ》の漬物の膳が並んでいた。

三

「ここじゃ、脂の多い、犬も食わない鮪《まぐろ》を使うのか？」

友田が桜色の鮪の脂身（大トロ）を使った葱鮪鍋に文句をつけたので、仲居が葱鮪鍋を下げに来て、

「主が代わりに鮪の赤身のづけでよろしいかと申しておりますが」

と告げた。

「それで頼む」

友田は大仰に頷いた。

そもそも人気のない鮪は肥やしにされることが多く、脂の少ない赤身が多少上等とされていた。それでも鯛《たい》などのように刺身では食べず、刺身のように薄く引いた後、醬油にしばらく漬け、づけにして供されていた。

——ああ、よかった。おいら、あの鮪の脂身見てると、つい思いだしちゃって——

桂助の方を見た金五の目も安堵《あんど》している。

「わたしはこのまま、葱鮪鍋をいただきます」

桂助は葱鮪鍋を下げさせなかった。

——鮪の脂身や葱鮪鍋は千住様の好物だった。あの方は、〝うちでは鮪の脂の多い部分は、母上が剣術に打ち込んで力を使っているそれがしのために、葱鮪鍋に拵《こしら》え、歯に染みないよう冷めてから運んできてくださり、それがしは一人でこっそり隠れて食べた。鮪の脂身は柔らかでむしばにも優しかった。上等な赤身は父上と長兄しか食べない雲上の代物《しろもの》だった。次兄はこれも不服の一つで家に居着かず、母上は鮪一切を召し上がらなかった。そのせいで滋養が足らず、あのような亡くなり方をなさった〟とおっしゃっていた——

葱鮪鍋は歯痛を抱えながら、桂助の治療で歯無しになることに躊躇《ちゅうちょ》していた千住の思い出につながっていたからである。千住はこうも語っていた。

〝葱鮪の脂身は生臭く食えたものではないと皆が言うが、それは嘘《うそ》だぞ。母上が煮て冷まして食べさせてくださった、鮪の脂身は、とろり、こっくりと味に奥深い膨らみがあってことのほか旨《うま》かった。それがしはこれを鍋にもづけにもせず、山葵《わさび》を利かせて食うたらさぞかし旨かろうと思っている〟

この時桂助は千住にこう話した。

〝千住様のお話を聞いていて、わたしも鮪は脂身が極上に思えてきました。実は赤身

のづけは醤油漬けにするせいか、風味があまりないので、そう好きではなかったのです。是非、ご一緒に食させてください〃

すると千住はやや不安そうな目色になって、

〃そうは言っても、歯無しになって葱鮪鍋や鮪の脂身は旨く食えるのだろうか？〃

案じていたが、土手嚙《どてが》みを指南するつもりでいた桂助は、

〃むし歯がしみたり、痛んだりを気にせずに食べられる葱鮪鍋は、きっと今までで一番の味のはずです〃

自信を持って受け合ったのだった。

――歯の痛みから解放されて食べ物を味わえるのが何よりと思えるには、千住様は若くありすぎたのかもしれない。食べ物以外の生き甲斐《がい》を求めていたのでは？――

桂助はたまらない想《おも》いに陥りながら、葱鮪鍋の鮪の脂身に箸《はし》を伸ばし続けた。

夕餉《ゆうげ》が終わって膳が片付けられ、仲居が布団を敷いてくれると、

「わーっ、さすが旅籠、うちの煎餅《せんべい》布団とは違っていい寝心地」

金五はふかふかの布団に横になったとたん、すぐにぐうすうと健やかな寝息を立て始めた。

「藤屋、あの格別な嗽用の煎じ薬は持参してきておるか？」

あろうことか、友田が傾けていた盃《さかずき》を伏せた。

「はい」

「では湯を貰《もら》い、薬で嗽をするとしよう」

友田の言葉とは思えない殊勝さであった。

「わかりました」

桂助は仲居を呼んで沸かしたての湯と急須を頼むと、友田のために嗽薬を入れ、冷めるのを待った。

「さあ、これで」

桂助の勧めで友田は口を五度嗽《ゆす》いだ。桂助自身も同じことをした後、房楊枝《ふさようじ》で丁寧に口中を清める。

「本当はここまでおつきあいいただけるとよいのですが――」

「まあ、そう欲をかくな、そのうちおまえの言うことも聞いてやる」

友田は穏やかに呟いて、

「ところで今夜の鍋の鮪の脂身は旨かったか？」

思いがけぬ問いを発した。

「ええ」

「おまえの千住品三郎への思い入れ、よほど深いと見たぞ」

滅多に見せないが、友田達之助は人への優しさも持っていた。

虫歯の毒が全身に廻《まわ》りかけたまま、長屋で倒れていた金五を見つけ、背負い続けて桂助に診《み》せに来たこともあった。

「おわかりでしたか」

「箸の運びがな、泣いているようだった」

意外にも金五とは異なる観察眼も備えている。

「まだお若く独り身で、腕に覚えがあり、それで歯無しになるのは複雑な想いだったのでしょう。わたしがもう少し千住様のお心に添って親身になっていればと――」

「わしも独り身だが女に縁などないぞ」

友田の目がほんの一瞬怒って、

「若いからといって女だけが生き甲斐では情けない」

「それはそうなのですが――」

桂助の脳裏にふと真穂の無邪気な丸い顔が浮かんだ。

――とかく、男はこういうものではないか？――

「常日頃のおまえの話だと、むしばでも歯草《はくさ》でも、相応の毒があって、口中だけに止《とど》まらず、全身に及べば死ぬのだろう？」

「そうです」

「あの骸の男の口中は全ての歯を抜くしか、化膿したむしばや歯草の毒を制する手立てがなかったはずだ、違うか？」

「その通りです」

「だとすれば、藤屋は命を救ったのだ。ともあれ、何も心に荷を負うことなどない。箸は旨い、旨いと笑っているのが一番だ」

「もしや、友田様にも箸を泣かせたことがおありなのでは？」

「長く生きてくればそれなりの箸泣きもあるが、その手の話はとかく不味《まず》くていかん、止《や》めておく」

友田はそこで話に一区切りつけると、

「さあて、そろそろ、わしの頭の本領を発揮するとするか」

立ち上がって欄干に掛けてあった手拭いを捻《ひね》り、ぐるりと額に巻いた。

「今回は負けぬぞ、藤屋。おまえは必ず千住の仇《かたき》を討とうと頭の中をぴかぴかに光らせるのだろうが、わしとて、品川くんだりまでただ骸を運びに来ただけでは、定町廻りの面目が立たん。よし、一騎打ちだ、まずはとってのおきのわしならではの着眼を披露するゆえ、応えてみよ」

「わかりました」

桂助は友田の問いを待った。

「おまえの言う通り、しだれ柳は今の時期、枝ばかりで周囲がよく見渡せる。すぐ見つけられてしまうとわかっているのに、どうして、簀巻きの骸は捨てられていたのだろうか？　川にでも投げ込めば済むはずだ」

友田の目が光り続けている。

「時期を問わず、投げ込んだ骸はしばらくすると水に浮くので、川からは意外に沢山の土左衛門《どざえもん》が上がります。それで下手人は川を避けたのではないかと思います」

「しだれ柳の下に捨てられていた理由がまだだ」

「わたしもずっとそれを考えていたのですが、皆目見当がつきません。この旅籠に恨みのある者の仕業だとすると、嫌がらせで辻褄《つじつま》が合うのですが、それなら、脅しの文等がご主人に届けられていて、地廻りの岡っ引きの方も調べをつけているはずです」

桂助はため息混じりに首を横にした。

「簀巻きにされた骸は、千住品三郎だけではないとおまえは申したな。土で汚れた筵が証だと――」

「だとすると、その骸の数々はどこにあるのだ？　何の目的で骸にされるのだ？」

「はい」

「申しわけありません、わかりません」

桂助は顔を伏せた。

「ははは、それがわかれば事件は解決、下手人をお縄にして、その首を獄門台で晒《さら》すことができるというものだ。いいか、藤屋、まだまだ一騎打ちは続くのだぞ。気を引き締めてかかれ」

友田は大声で笑い、

――よかった、ここまで友田様が気合いを入れてくださっていれば、千住様をこのような目に遭わせた相手に罪を償わせることができる――

「わかりました、ありがとうございます」

桂助は深く頭《こうべ》を垂れた。

この夜、桂助の見た夢での千住品三郎は、漆黒の闇の中をただひたすら歩き続けていた。その顔は骸と同じで青黒いだけではなく、これ以上はないと思われるほど、苦しみに歪《ゆが》んでいた。歯痛が極まって自害しようとしていた時でさえ、これほどではなかった。

その千住は足を運ぶたびにぱらぱらと腐った皮膚が落ちていき、最後は白い骨格だけになった。

四

――千住様、待っていてください。あなたをきっと暗黒の中からお救いします――

そう話しかけたところで桂助は目を覚ました。

「あの――」

部屋の中がぼんやりと見えて夜が明けかけている。障子が僅かに開いていて、あの番太郎が顔を出して桂助と目が合うと頷いた。

桂助は起き出して廊下へ出た。

「何か――」

「たしか藤屋さんはお医者様でしたよね」

番太郎は思い詰めた表情でいた。

「ええ、ただし骸の医者ではありますが」

桂助は友田の桂助についての口上を思いだし、話を合わせた。

「とはいえお医者はお医者でしょう？」

「それはそうです」

「診てほしい患者がいるんです、急に酷く苦しみ始めて、息も絶え絶えの様子です。流行病《はやりやまい》かもしれません」

——これほどの宿場町で流行病が出ると広がりも早いはず、何とか食い止めねば——

本格的に空が白み始め、そのせいか、番太郎の顔は一層皺《しわ》深く見えた。

「昨夜は寝ずの看病でしたか？　ご病人はご親戚ですか？」

「まあ、ここじゃ、みんなが大事にしてて、親戚みたいなもんです」

「わかりました」

「よかった」

番太郎は大きく安堵の息をついた。

診ると決めた桂助は番太郎に背を向けて部屋の中へと入ると、友田と金五を起こさないよう素早く身支度を調えた。

「先に念を押しておきますが、品川宿ともなれば、相応のお医者が一人といわず、何人かいらっしゃるはずです。その方々を差し置いてわたしが診てもよいのですか？」

桂助の言葉に、

「ここの医者たちは患者を選ぶんです。顧客ばかり診て他は断るので困ります」

番太郎は小声で応えた。

「それでは旅人が病に倒れた時は難儀ですね」

「ええ、まあ」

番太郎の声はさらにくぐもった。

――何か事情がありそうだが――

桂助は不審に思ったが、口に出さず、

――それよりも大事なことがある――

旅籠を出て番太郎と一緒に歩きはじめてから、気になる病について訊いた。

「苦しんでいる患者さんの容態を話してください」

――嘔吐《おうと》と下痢、高熱と脱水が高じて死に到《いた》るコロリでないといいが――、この手合いの流行病は伝染《うつ》りやすく手強い――

コロリ（コレラ）は疱瘡《ほうそう》（天然痘《てんねんとう》）と並んで致死率の高い流行病の横綱格であった。

「とにかく食べ物が摂《と》れません」

「熱のせい？　それとも吐き下しですか？」

「いえ、口が全く開かないんです。噛めず、飲み込めずです。口の中に大きな腫れ物が出来る病なのかも――」

――口中の腫れ物ではここまでのことは起こらない。これにはもしかして痙攣《けいれん》が伴っているかも――

「身体のさまざまな箇所がぴくぴくと、時に大きく跳ねるように震えていませんか？」

「その通りです。あとつっぱりが酷く、汗を流しながら、背中や首、足までが石像のように固くなったままです」

――開口困難、痙攣、そして全身の筋の硬直と揃《そろ》えばおそらく、ツクヒ（破傷風《はしょうふう》）だな――

桂助はほぼ確信した。

破傷風は、傷口に土が触れて起こる病で、筋肉の痙攣や硬直を繰り返して死に到るのだが、初期症状は肩の強い凝りに加えて、口が開きにくい上に、舌がもつれ話ができにくく、顔面が強く引きつる。そのため、口中に歯が少ないか歯無しの者が質《たち》の悪い風邪《かぜ》を引いた症状にも似ていて、とかく混同されやすいのだと、桂助は長崎遊学中に教えられていた。この時点での見分け方は高熱の有無である。ツクヒなら高熱は発さない。

「高い熱はありますか？」

「ないと思います」

――ツクヒに間違いなさそうだ。痛ましくも、手足、背中の筋肉が硬直、全身が弓なりに反ることもあって、その場合は背中の骨が折れるので、痛みのほどははかりしれない。症状が酷い割には筋肉だけが責められるので、絶命直前まで気は確かであり続け、それだけに患者は長く苦しむ。まるで拷問さながらの病だと聞いている。ただし、コロリや疱瘡のように人から人へは伝染らないはずだが――

「罹《かか》っているのはお一人ですか？」

桂助は番太郎に訊かずにはいられなかった。

「ん」

わざとつっけんどんな言葉で応えた番太郎は桂助ではなく、空を見上げている。

「病人はほかの人と離して看病なさってるのですよね」

「そりゃ、よくわかんねえ、酷い病だから」

――それにしても、ずいぶん寂しいところだな――

桂助はいつしか町外れまで歩かされてきていた。

「あそこだ」

番太郎は掘っ立て小屋と隣り合っている馬小屋を指差した。

「ほんと言うとね、患者はわたしの馬なんです」

言葉を改めた番太郎は立ち止まって、地べたにぺたりと座り込んだ。

「馬は持ち主とはぐれちまってて、見つけたわたしが拾ったんです。幼くして川で溺れ死んだ倅《せがれ》の名は青吉《あおきち》でした。去年女房にまで死なれちまったわたしは、ずっと寂しく暮らしてきてて、それでついその馬をあお、あおと呼んでるうちに、情が移っちまいました」

「あなたの気持ち、よくわかります」

桂助の頭に真穂の無邪気な寝顔ではなく、微笑んでいる志保《しほ》の顔がふっと浮かんで消えた。

――相手への愛《いと》おしさの深さは、去られたり、失ってみたりしてこそ、染みわたるような悲しみでわかる――

「ツクヒで苦しむあおを何とか助けてやりたくて、矢も盾もたまらず、患者がまるで人であるかのように言いました、そう言わなければ来てはもらえないと思ったからです、すみません、申しわけありません」

先を続けた番太郎は頭を垂れ、

——ツクヒは人だけではなく、馬も罹る大病ではある——

桂助は志保の残像を掻《か》き消すために、頭を一つ大きく振って、口中を主とする医術の道に立ち戻った。

破傷風の因《もと》は広く自然の中にあり、特に土が因のことが多く、手つかずの場所よりも田畑のあるところ、山地よりも平野部で多いと桂助は教わっている。

それゆえなのか、人だけではなく、飼育されている馬、牛、豚、犬等が罹る。最も罹りやすいのが馬で、次いで牛、人、豚、犬等で、鳥類はほとんど罹らない。

「馬の場合、釘等による蹄《ひづめ》の傷の他に、雄馬の去勢手術痕、出産の時の母馬の胎盤や生まれたての子馬の臍帯《さいたい》等から罹るとされています。ここは馬の多い宿場なのですし、これはわたしなどの出る幕ではなく、馬医の出番ではありませんか？」

桂助は首を傾げた。

——ツクヒだと見当がついているなら、何もわたしなどに声をかけずとも手当ての方法はあるはずだ。なにゆえわたしなのだ？——

「診てやってください」

桂助は番太郎に案内されて馬屋へと入った。

「どうしたんだ、あおぉぉぉ——」

番太郎は柵を乗り越えて、中の枯れ草の上で、食いしばった口を真っ赤に染めて、横倒しになって死んでいる栗毛馬《くりげうま》に駈《か》け寄った。

——人も馬も歯を食いしばった口が血まみれになる、震えが来た時、舌を嚙んで死ぬことも稀《まれ》ではないという、まさにツクヒならではの症状だ。一見、似て見えるので、くれぐれも顔面の殴打や口中の病と混同しないようにと長崎で教えられた——

桂助が馬に近づこうとすると、

「来るな」

番太郎は制止して、

「あ、あおはもう息がありません。手当ては要らなくなりました。わたしは伝染ってもかまわないが、ここまでつきあってきてくれた先生まで巻き添えにはできない」

「ツクヒが伝染る？」

とても信じられなかった。

「馬医たちと本道《ほんどう》（内科）の医者たちは、これは従来の手当てが効かない新手《あらて》のツクヒだと見做《みな》しています。もしかすると馬から人、人から馬、馬から馬、人から人へ伝染る恐ろしい変種ではないかと——」

「新手のツクヒ？　その根拠は？」

桂助は知らずと厳しい追及口調になっていた。

「馬医や人の医者たちが寄り付かない理由は、この馬が病に倒れる前に人一人がツクヒで死んでいるからです。ツクヒの症状で死んだのはしだれ柳の下で見つかった骸同様、誰ともわからない他所者《よそもの》でした」

「死に到るまでの様子は？」

「突然、往来でばったり倒れて、近くの医者に運ばれましたが、食いしばっていた口から血を流していて、もちろん話はできず、食べられず、一晩中、震えたり、弓なりに反ったりを何度も繰り返して死にました」

「その人の骸は？」

「人のツクヒ患者が死んだ後、はぐれて捕らえてあったあおもまた、ツクヒに罹っているとわかったので、医者たちは新手のツクヒを疑いはじめ、焼いて灰にしたのです」

「よく千住品三郎様だった簀巻きの骸を焼きませんでしたね」

桂助は訊かずにはいられなかった。

五

「ツクヒの死人を焼いた大酒飲みの伝助《でんすけ》が、その夜から行方知れずになっていたからです。変わり者の伝助はこの宿場の便利屋で、人の嫌がる仕事を好んで引き受けてくれていました。どんな仕事でも見合った金さえ払えば、顔色一つ変えずやりこなしてきていたんです。医者たちに相談を受けたわたしは、往来で倒れた男の始末を伝助に頼みました。簀巻きの骸がそのままだったのは、この伝助以外に、恐ろしい病に罹って死んだかもしれないあの骸を焼く勇気が、ほかの誰にもなかったからです」

――千住様の死の因もまたツクヒだったのかも？――

「となると、千住様は殺されたのではなかったかもしれないのですね」

桂助の言葉に非難が籠もった。

「ところでその伝助さんは見つかったのでしょうか？」

「町外れの物置小屋が火事になり、焼け跡から見つかりました。伝助はぐでんぐでんになるまで飲むのが常で、そうなると、ふらふらと彷徨《さまよ》い出て、見知らぬ家の錠前の外れていた蔵や、軒下を寝床にする癖があったんで。その時も泥酔していて逃げ遅れたのです」

「泥酔状態で誰かに運び込まれたとかの不審な点は？」

「ありません。明かりを灯《とも》したぶら提灯《ちょうちん》をさげて、千鳥足で小屋に入っていく伝助を見た者もいます。それで、あれは今まで誰にも供養されず、焼かれて灰にされた者たちの祟《たた》りだと、医者たちまでもが言いだしました」

「医者が祟り、ですか――」

桂助は苦笑いを嚙み殺した。

「なので、急ぎ、簀巻きの骸はどうしてそうなったのか、追求して、しかるべき供養をすることになったんです。それで奉行所へお知らせいたしました」

「あなた方は新手のツクヒを恐れていたはずでしょう？　簀巻きの骸をそのままに置いていて怖くはなかったのですか？」

「旅心の主が大事に供養さえすれば、新手のツクヒはここで蔓延《はびこ》らず、祟りは広がらないだろうと言い切って――」

「皆さん、信じたのですね」

信心と医術は別個だと見做してきている桂助は、正直呆《あき》れた。

「旅心の主の先祖は神官を務めていたこともあり、今でも周りの人々に頼りにされているので皆が従いました」

「それでいてあおを助けようとはしなかった――」

桂助は勝手すぎると思わずにはいられなかった。

「人は皆そんなものです。ただ、わたしはこのあおが死んだ倅のように可愛《かわい》くて、愛おしくて――」

番太郎は目が濁り始めた馬の顔に頰を寄せた。

「待ってください、指や顔に傷は？」

咄嗟《とっさ》に桂助が叫ぶと、相手は首をぶんぶんと横に振った。

「それなら大丈夫です。わたしはツクヒは断じて伝染る病などではなく、土からの毒で罹る病だと思っていますから」

きっぱりと言い切った。

「いいんです、いいんです、わたしはもう伝染ったっていいんです、あお、あお、さぞや痛かったろう、苦しかったろう、可哀想《かわいそう》に」

馬の首を抱きしめて涙する番太郎に、

「お力になれず残念でした。こんな時ですが、一つ、二つ確かめたいことがあります。簀巻きの骸があるのを旅心のご主人が見つけたのは、朝起きた時でしょうか？」

桂助が訊くと、相手は、

「ああ、そうだよ。前の日は闇夜だったから——」

涙声で応えた。

「それとツクヒと関わっての出来事を、今、わたしなりに整理してみますので、ご助言ください」

桂助は手控帖《てびかえちょう》を取り出すと、番太郎に確かめながら一連の出来事を時系列で記すことにした。

「まずはあおのことです。この馬はこの宿場の馬ではないのですね」

「とんと見かけない馬だった」

「名の分からぬツクヒ持ちの男が往来で倒れ、医家に運ばれたわけですが、あなたがはぐれている馬を見つけたのはその後のことですか、その前のことですか？」

「やつを医者に運んだその日の夕方だった。この町の馬方のところへ連れてったんだが、病が進んでたせいか、餌《えさ》を食べようとしなかった。それから苦しみだして——」

「簀巻きの骸が見つかったのは？」

「次の日の朝だ」

「伝助さんは亡くなったツクヒ持ちの男を焼いてから、いなくなったのですよね」

「そうさ」

「だとすると、さまざまな出来事がたった四日の間に起きたことになります」

桂助が書き終えた時系列は以下のようなものだった。

一、ツクヒ持ちの名の分からぬ男が往来で見つかり、医家に運ばれ当日死亡。
一、同日夕刻、見知らぬはぐれ馬が見つかる。
一、名の分からぬ男の骸を焼いた便利屋伝助、同日夜より、行方知れずとなる。翌早朝、焼死していたことがわかる。
一、同翌早朝、土で汚れた簀巻きの骸が旅心の前のしだれ柳の下に置かれていた。旅心の主、医者たちにより祟り説浮上、八丁堀《はっちょうぼり》の奉行所へと報《しら》せる。下っ引き金五がまずは駆け付ける。
一、翌々日　奉行所役人一行検分。
一、翌翌々早朝、見知らぬ馬あお、ツクヒで死亡。

「焼かれてしまったので、ツクヒに罹って亡くなった男がどういう人だったのか、皆目、見当がつきません。着ていたものとか、持ち物とか、何か、気がついたことはありませんか?」

千住がツクヒで病死したとすると、同じ病で死んだその男の身元を辿《たど》っていけば、共に触れた毒素を含む土を限定できる。

――その悪い土を見つけて、もう誰にも触れさせないようにするのが、不運だった千住様へのせめてもの供養というものだろう――

「いっぱしの貫禄《かんろく》を気取るごろつきが着るような、ぞろりとした縕袍《どてら》の着流しで、粋に見せたいのか、首に青海波《せいがいは》の布を巻いていた。ただし髷《まげ》は商家の手代に多い形で、何ともちぐはぐだった。それでこいつはごろつきに化けてる、大泥棒の手先なんじゃないかと思った。たいてい手先は如何《いか》にもの忠義者に見せるもんだろうから、ごろつきに化けるってえのはなかなかの読みだ」

番太郎は言葉を返しながらも、とっくに、冷たくなってきているはずの太くて長い馬の首を撫で続けている。

「大泥棒の手先だと見当をつけるからには、盗みの証でもあったのですか?」

「背負っていた荷の中から、たいそうな脇差が出てきました。盗みでもしなければ手に入るものではなかろうと、看取《みと》った医者が言っていました」

「その脇差は?」

「伝助の余禄《よろく》です」

「ならば伝助さんの家にありますね」

「ところが、侍に憧れがあった伝助はそれを手にして飲み歩き、挙げ句の果てに物置小屋で一緒に心中の顚末《てんまつ》になりました。脇差はボロボロになっていたそうです」

「そうでしたか」

さすがに桂助は気落ちした。

——最初に死んだ男の身元がわからず終《じま》いでは少しも先へは進めない——

この時、明六ツ（午前六時頃）の鐘が鳴り、

「そろそろ旅心に帰らないと。俺は、まだもうしばらく、あおとこうしていますので、先生は帰って、どうか皆様お待ちの朝餉《あさげ》の膳についていてください」

番太郎に促された桂助は馬屋を出て、来た道を戻った。

「部屋を抜け出してどうしてたんです？」

金五は今にも泣きそうな顔になり、

「案じたぞ」

友田は目を三角にしている。

二人とも旅心一押しの品川海苔の佃煮《つくだに》をたっぷりと飯に載せ、根深葱が刻み込まれ

ただし巻き玉子に舌鼓を打ちつつ、忙しく箸を動かしていた。

桂助は呼びに来た番太郎に馬屋に連れられて行ったこと、千住品三郎の死にツクヒが疑われるようになった経緯《いきさつ》等を、あおの死に立ち会ったことも含めて全て話した。

「そのような重大事を伏せていたとは許せんし、わしらを呼んだのが疫病神を追っ払うためだったとは――」

友田は怒りのあまりこめかみに青筋を立てて絶句したが、

「死んだ祖母《ばあ》ちゃんが言ってたけど、賑やかに見える宿場町ほど、疫病なんか出て、悪い噂《うわさ》が立ったら、人が寄り付かなくなって、すぐにも寂れかねないから、せちがらいんだってさ。そう考えると、これほどのことが起きたんだもん、誰かに厄介払いを兼ねて厄払いして貰いたい気持ち、おいらわかるよ」

金五はうんと大きく頷いた。

六

「けしからん」

友田はとうとう旅籠中に響きわたるのではないかと思われる、割れ鐘のような大声

を出した。桂助が番太郎から聞いた話を延々とまくしたてて、

「そもそも主は一度も挨拶しに来ぬ。町人の分際でお上を愚弄するにもほどがある、許さぬうぅ――」

憤怒《ふんぬ》を叫び声に託した。

するとほどなく大番頭が駆け付けてきて、障子の向こうに座る気配がした。

「昨日は旦那様が抜けられない寄り合いで留守をしておりました。大変ご無礼をしてしまったと申しております。ついては是非ともお詫《わ》びさせていただけないものかと――。どうか、お目通りを」

大番頭は声を絞り出し、廊下に足音がして、

「主の旅心条太郎《くめたろう》でございます。ここに控えております。お目にかかっていただけるまで動きません」

主は声を凛《りん》と張った。

「旦那、もてなしは悪くなかったし、ここらが矛先の納め時だとおいらは思うよ」

金五が神妙な顔で耳打ちすると、

「わかっておるわ」

友田は邪険な物言いで返した後、

「入れ」

相手に命じた。

旅心の主条太郎は童顔ということもあって、年齢よりは若く見えるはずだが、今はその顔に不似合いな白髪を眉や髷にちらつかせている。

「この宿場町を守るためとはいえ、誠に申しわけございませんでした」

条太郎は畳に平伏した。そして、桂助が番太郎から聞き、友田に話した大変な出来事を繰り返した。

「今更、言い逃れるつもりはございませんが、昨日、番太郎一人に大事を任せてお目にかかれなかったのは、どうしたら厄が広がらずに済むかと、お医者様たちと今後のことを話し合っていたからです。供養で祟りを鎮めるだけでは万全ではないことはわかっておりましたから。それとこれのことも皆さんからご意見をいただきました」

条太郎は大番頭に指図して、一振りの脇差を運ばせてきた。

「取り決めで便利屋の伝助には骸を始末する際、持ち物や金等を我が物とすることを許していました。ところが他所者のツクヒ患者の男を看取った医者はわたしと同様、大の骨董《こっとう》好きで、〝こればかりはあまりによい品なので、伝助のいいようにさせて、常のように木や草を斬りまくって遊ぶのでは罰《ばち》が当たるのではと案じました。そこで刀剣好きな伝助には遊びに相応《ふさわ》しい、安物の刀を渡してやりました〟と文を寄越して、一緒に届けてくれたのがこの刀でした」

条太郎は友田に捧《ささ》げるようにしてその脇差を手渡した。

――よかった、死んだ伝助さんが手にしていたのは、ツクヒ患者のものではなかったのだ。ここに、まだ手掛かりが残っていた――

桂助はほっと胸を撫で下ろした。

一方、渡されたその脇差をさっと抜いた友田は、

「なるほど、かなりの品ではある」

ふうと感心のため息をついた。

「どうかその脇差、お預かりください。ここで立て続いている、不可解な出来事をお調べになる際、何かのお役に立つかもしれませんから。もしかしたら持ち主がわかるかもしれません」

相手の言葉に友田はわざと戸惑い気味に、

「預かると申してもなぁ――」

思わせぶりな口調となり、

「それではご無礼いたしましたお詫びということではいかがですか？」

粂太郎は乞うような目を向けた。

「それは有り難い」

友田は刀の抜き身に惚《ほ》れ惚《ぼ》れと見入っている。

「大の骨董好きならば、この脇差につながる縁《ゆかり》の見当がつくのでは？」

桂助は訊かずにはいられなかった。

「実は、てまえは脇差の切れ味云々《うんぬん》よりも、据紋《すえもん》の妙に惹《ひ》かれて収集しておりまして――」

粂太郎はほんの僅かうれしそうに微笑んだ。

刀の鍔《つば》等に据えた装飾が据紋である。

「据紋は家紋だけではなく、文様や人、草木、生きものもあってなかなか興味深いものです。お医者が届けてきてくれたこの脇差にも鍔のところにほら、このように――」

粂太郎は知らずと友田に膝を詰めて、

「横に一文字ございましょう？」

金が横に浮き上がっている箇所を指差した。

「一と読めばいいのでしょうか？」

桂助は家紋には全くくわしくなかった。

「他には読めますまい」

条太郎は頷いた。

「一などという家紋、聞いたことがないぞ」

友田は憮然と言い放った。

「たしかに──、ただし、一についてだけは少し謂《い》われがあります。何でも昔、昔、平城《へいぜい》天皇の第一皇子様が身罷《みまか》られた後に贈られた品位《ほんい》が一品《いっぽん》であるとかで──。それにちなんで一品親王《いっぽんしんのう》と後の世では言われたとのことです。ですので、横に一文字は親王、ひいては宮家謂われの有り難くも恐れ多い紋とも言えます」

条太郎は恭《うやうや》しい物言いをした。

「といって、ツクヒで死んだ男が宮家の蔵に盗みに入ったとは思えぬな。脆弱《ぜいじゃく》、虚弱な都の公家《くげ》たちは、このような名刀を持ってはおらぬだろう」

友田は決めつけ、

「おいらが賊だったら、刀じゃなく小判にするな。だって刀は売らないとお金にならないもん。そんなことやってて、お縄になるんじゃ間尺《ましゃく》に合わないでしょ？」

金五も言ってのけて、異なる視点からではあったが、二人はそれぞれ盗《ぬす》っ人説《と》を退けた。

いつしか昼時になっていた。

大盤振る舞いの、脂が乗った早春の鰆《さわら》が、刺身や酢の物、焼き物、煮物等に料理されて昼餉の膳を賑わせた。

「どうか、お使いください」

条太郎は千住品三郎の骸を、自前の大八車《だいはちぐるま》に曳《ひ》かせて市中に運ぶことを提案した。

「骸は楽ができていいのう」

すかさず友田が愚痴ると、

「それでは皆様に駕籠を用意いたしましょう」

早速手配しかけたが、

「ご厚意は有り難いですが、わたしは歩きたいので」

桂助は断り、

「おいらもさ」

金五も倣った。

こうして三人と骸は帰路に就いた。

あおに死なれた番太郎のことが気になっていると、町外れの馬小屋のある辺りから臭みのある煙が流れてきていた。

——きっとあの番太郎さんは、他に害が及ばないやり方で、誰にも任せず、自分の手であおを葬ったのだろう。これは伝助さん任せの始末では叶《かな》えることのできない供養だ——

千住の骸を載せた大八車と友田の駕籠は先を走って行く。

桂助は金五と肩を並べて歩いていた。

「先生、ほんとにほんとで、ツクヒ持ちで死んだ奴が、千住さんって人や馬に伝染したってことはないの？」

「あり得ない、ツクヒを起こすのは土に稀に含まれる毒素です」

桂助は言い切った。

「だとすると、ツクヒ持ちになって死んだ奴と、あおって名の馬は同じ土のあるところに居たってことになるよ」

「そうだと思います。ただし、共に居ただけではなく、人も馬も手足等に傷口があると知らずに、うっかりその土に触れて、命に関わる毒を身体に侵入させてしまったゆえですよ」

「ってことは、その人と馬は一緒だったことになるね」

「それは間違いないと断じることができます」

「じゃあ、その人と馬と千住様、伝助さんの関わりは？」

「わかりません。ただ、伝助さんが生きていたら、千住様の骸はもうとっくに焼き捨てられていたでしょう」

「首から下が土の中に埋まってた千住さんもツクヒで死んだのかな？」

「その可能性はあります」

桂助は冷静な応えをしたが、

――ツクヒで死ぬのは苦しみの連続で辛すぎる――

千住の死がツクヒが因《もと》ではないことを祈った。

「千住さんの骸、相当傷んでた。死んでどのくらい経《た》っていたのかなあ」

「そうですね、ひと月は経っていると思いますよ」

「じゃあ、ツクヒで死んだ奴より、ずっと先に死んでたってことになるよね」

これを聞いた桂助は、

――そうだ!!――

あることが閃いた。

――千住様が先にツクヒで死んだとしたら、品川宿にてツクヒで死んだ男は、どこかの土に埋められていた千住様の骸を掘り出し、馬に載せて運んだのではないだろうか？　その折、偶然にも男と馬には傷があってツクヒに罹ったに違いない。ツクヒの毒は千住様の泥まみれの骸、土で汚れていた簀巻きの筵のどちらかに、あるいは両方に付いていて、骸を運んだ男と馬の傷口に触れてしまったのではないか？――

桂助は確信していたが、千住の死の因が明らかでない以上、まだ誰にも話すまいと思った。

七

千住の骸はさらなる検分のために番屋へと運ばれ、夕刻近くになって、桂助が〈いしゃ・は・くち〉に戻ると、厨の勝手口に真穂が立っていて、使いの者に上川屋《かみかわや》啓《けい》右衛門《えもん》のためのたまごの実を託したところであった。

「まずはお味見をと御隠居様に伝えてください」

真穂が手渡したのは何も書いていない袋である。

「只今《ただいま》帰りました」

帰宅の挨拶をした桂助は、袋にたまごの実と書きながら寝入ってしまった、真穂のあどけなく可愛《かわい》い寝顔を思い出した。

「ああ、よかった、ご無事で戻られて」

真穂は胸を撫で下ろした。

「その日中《ひのうち》には帰れないかもしれないと文に書かれていたので、遠くへいらして、もしものことがあってはと案じていました」

真穂は控えめではあったが桂助を見つめている。

「ボーロを入れる袋を作っていましたね」

「あらっ」

寝顔を見られたとわかって真穂は頰を染めた。たまごの実と名付けようとしたことには触れず、

「わたしの作ったボーロを朝餉代わりになさったんでしょう？　先生に沢山食べていただいたのがうれしくて、お留守の間にまたボーロを沢山作りました。厨や治療処《どころ》に置いておいては邪魔になりますので、わたしの部屋に移してあります。ご覧になりますか？」

「ええ、もちろん」

知らずと桂助の表情は綻んできた。

奥の部屋の障子を開けると、大鉢といわず、所狭しとばかりに、厨にあったありったけの容《い》れ物からたまごの実が溢《あふ》れかけていた。

「さっきの袋に〝たまごの実〟とは書かれていなかったですね。どうしてですか？」

「まあっ」

真穂は俯《うつむ》き、

「ボーロは先生から教えていただいたものです。わたしが勝手に名付けたりしたら、罰が当たりますから。弾みで思いついたこととはいえ、申しわけありません」

頭を垂れて小声で詫びた。

「卵の黄身の色であり、卵の実とも言えるひよこの色でもあるので、何ともうがった呼び名だと思います。ボーロなんていうのより、よほど親しみやすいですしね」

桂助が褒めると、

「たまごの実なんて呼んで、本当によろしいんでしょうか？」

真穂はきらきらと黒目がちの瞳を輝かせた。

「これからは手渡す袋に必ず、たまごの実と書いてくださいね」

「もちろんです。ああ、またうれしくて堪《たま》らなくなってきて――わたし、今、とても幸せです、先生のおかげです」

真穂の目はさらに潤み、胸の前で両手を組み合わせた。

――この女を見ていると、なぜか無残な出来事が多かった今回の疲れさえ忘れられる――

空腹を感じた桂助は、厨から飯が炊ける匂いがこぼれてきていることに気がついた。

「すぐに夕餉にいたします」

真穂は厨に立って、早速桂助の夕餉の膳を調えはじめた。

「あなたが菜を作る様子を見ていていいですか？」

桂助もまた、厨に腰を据えた。

――一緒にいるだけで心が和む――

真穂が拵えた菜は納豆のふんわり焼きであった。

「たまごの実作りで卵の白身が沢山残ってしまったでしょう？　もったいないので菜にすることにしたんです」

材料は卵白と納豆、薬草園にある葱だけであった。

「この菜の奥の手はこれです」

真穂は引裂箸《ひきさきばし》（割り箸）を十膳ほど束ねたものを取り出した。

「上川屋の御隠居様が大好きなたまごのふわふわっていうのは、これがないと出来ないんですよ。恐れ多いんですけど、時折、ご相伴させていただいてました。そうこうしているうちに、御隠居様の料理を拵えてる賄い人に聞いて、どうして卵があんな美味しそうなふわふわになるのか、試させてもらったことがあるんです」

たまごのふわふわとは、熱した出汁《だし》に、よく泡立てた卵を一気に流し入れ、蓋をして蒸らす。出来上がったものを出汁ごと器によそい、飾り付けとして胡椒《こしょう》や青のりを振る。

将軍家や豪商などしか食せない高級料理でもあった。

味は茶碗蒸《ちゃわんむ》しに似ているが、泡立って火の入った卵の食感が独特であった。

「たまごのふわふわなら、一度だけ、生家が料理人を呼んでの雛祭《ひなまつ》りの折、食べたことがあります」

桂助の生家である藤屋は呉服問屋を営む、市中きっての大店《おおだな》であった。

「なるほど。それで、それっきり生家《うち》で一度も出てこなかったのは、招いた料理人だけが卵の泡立ての秘訣《ひけつ》を習得していたからだったのですね」

「上川屋の賄《まかな》い人の話では、何でも、この道具を巧みに使うと、ほどよく近くの気が白身に入って、卵の独特の歯ごたえが何とも言えず、ふわっとした綺麗《きれい》な形になるんですって」

真穂は束ねた引裂箸十膳を使って、器に取り除《の》けてあった卵の白身を懸命に掻《か》き混ぜ始めた。根気の要る作業である。卵白の入った器を見つめる真穂の顔は真剣そのものので、額には汗が浮いてきた。

「代わりましょう」

桂助は交替をかって出た。

「ええ、でも――」

「大丈夫、見ていてコツがわかったような気がしますし、わりに手は器用な方ですから」

「それではお願いします。水のようだった白身が雪みたいに真っ白になって、ピンと角《つの》が立つまで泡立てないといけないんですけれど――」

「わかりました」

桂助は引裂箸の泡立て器を手にした。

半透明だった卵白がみるみるふわふわと盛り上がって雪片を想わせる。

「お上手だわ」

真穂は感嘆した。

こうして桂助が角が立つのを目指している間、真穂は用意してあった葱を微塵《みじん》に刻んだ。

「角、立ちましたよ」

桂助は泡立てるのを止めた。

「こちらはこれから泡立てます」

真穂は納豆を器に取り、醬油と酒少々を垂らし、菜箸をぐるぐると廻《まわ》した。

「これをそっちへ入れて、泡が潰れないようにさっと混ぜるんですけど、その前にそっちの白身を、たまごのふわふわ用のお清汁《すまし》分だけ取り分けないと――」

真穂の指図で桂助は泡立てた白身を適量、別の器に移した。

「それではこちらに泡立てた納豆を入れてください」

今度は桂助の言葉を受けて、真穂が泡立てた納豆を角が立っている泡の白身に加えた。

「泡を潰さないようにするなら――」

桂助は思いついて木杓子《きじゃくし》を使った。

すでに竈《かまど》には火が熾《お》きている。

真穂はたまごの実を焼いた底の平たい鉄鍋を火にかけ、薄く胡麻《ごま》油をひいた。そこへ桂助が搔き混ぜた、卵白に納豆が馴染《なじ》んだタネを流した。

「片面を百二十数えるまで焼いたら裏返して、もう百二十数えたら、たまごのふわふわならぬ、卵の白身と納豆のふわふわ、出来上がりです」

計二百四十数えたところで、皿に盛りつけた真穂は、

「大変、大変、先生、大変」

急に大慌てに慌てて、

「とにかく早く食べてください、そうしないと、あっという間に萎《しぼ》んじゃって、ふわふわしなくなっちゃうの、だから早く」

箸を手渡してきた。

急《せ》かされた桂助は言われた通りに、卵の白身と納豆のふわふわを口に運んだ。

「これは意外な美味しさです、最高、どんな立派な料理にも引けをとりません」

真穂は取り分けた泡立て白身に、たまごの実作りで余った卵黄を加え、汁代わりにするはずのたまごのふわふわを拵えたが、すでに、桂助は菜を完食していた。

「段取りが悪かったんです、これじゃ、夕餉の膳が菜なしです。すみません」

真穂はしょんぼりと肩を落として、泣きそうになっている顔を伏せた。

「そんなことはありませんよ、汁も飯もある。先ほど、わたしは手が器用だと自慢したでしょう？　おかげで煮炊きにも不自由しません。たまごのふわふわ汁と飯に合う

菜を、今から作ります。といっても、毎朝、時には昼までも食べている目刺《めざ》しですが──、目刺しでいいですか？」

桂助は目刺しを焼くために、手慣れた様子で七輪に火を熾《おこ》し始めた。

夕餉の膳で向かい合うと、

「すみません、すみません」

真穂は目を瞬《しばたた》かせ続けた。

しかし、こうした癒しの時は一時で、夜、床に就くと、身体はくたくたに疲れきっているはずなのに、なかなか桂助は寝つかれなかった。

品川宿で起きた事柄について考えを巡らせずにはいられず、目が冴《さ》えて、とうとう深夜に起き出すと、手控帖に以下のように記した。


伝助に焼かれたツクヒ患者が千住様の骸を馬で運んでいたとしたら、ちぐはぐだったツクヒ患者の身形《みなり》は、実は武士の変装だったのではないか？　名刀の脇差は盗んだものではなく、ツクヒ患者の持ち物だったのでは？　このように考える方が辻褄が合う。しかし、これでもまだ一とあった据紋《すえもん》がどこのお家のものなのかわからない以上、何の進展も得られない。

書き終えてやっと眠りに就いた桂助は、

——御側用人《おそばようにん》だった岸田正二郎《きしだしょうじろう》様なら据紋にくわしいかもしれない、早速伺ってみよう——

夢現《ゆめうつつ》の中で思い定めた。

第三話　花散る寺

一

翌日、番屋《ばんや》に置かれていた千住品三郎《せんじゅしなさぶろう》の骸《むくろ》を、桂助《けいすけ》は銀の匙《さじ》を口中に用いて改めて検分したが、銀匙の黒変は起こらず、

「少なくとも石見《いわみ》銀山鼠《ねずみと》捕り（砒素酸《ひそさん》）による死ではありません」

ツクヒによる死亡である可能性は色濃かった。

──一刻も早く、千住様を御家族のところにお戻ししなければ──

桂助は以前品三郎から聞いていた高輪《たかなわ》の千住家を訪ねることにした。

関ヶ原以来の由緒ある家系を誇る、三百石の旗本千住家の格調ある外観は見事な五葉松や桜の木が庭先を飾り、門から続く踏み石は、さりげなく手入れされ、清々《すがすが》しい緑苔《りょくたい》で覆われている。

「見栄を張って庭だけは格好をつけているが、他の多くの旗本家同様、わが千住の家も内情は苦しい。それがしが大好きな母上の嫁入り道具は一つ残らず、植木屋に払う金となり続け、質屋の蔵に呑《の》み込まれてしまっていた。質流れになっていない幾つかでも、何とか取り戻したいとそれがしはずっと思ってきたが、その前に母上は亡くな

り、とうとう想《おも》いは叶《かな》わなかった」

と話していた千住の想いが、桂助には庭のこの眺めに重なって聞こえた。

──無役の武家が代々、家禄《かろく》だけを糧《かて》に生き続けるということは、きっと、この美しい庭の眺めとは真逆の厳しさなのだろう──

桂助は中庭を臨む客間に案内された。

厳格な父親だと品三郎から聞かされていた千住市左衛門《いちざえもん》は隠居の身であった。品三郎と同じく眉が太く凜々《りり》しい風貌の持ち主である。ただし年齢《とし》を経たその眉は雪のように白く、前歯はやや突き出てはいたが、石をも嚙《か》み砕けるかのように頑丈そのものに見える。

桂助が今までの経緯《いきさつ》を話す際、その死に病や毒が関わっているかもしれないことは伏せ、品川宿で骸となって見つかった事実だけを口にした。

「そうか──」

市左衛門はぽつりと呟《つぶや》き、立ち上がって、縁側から縁先へ下りると、屈《かが》み込んで小石を一つ拾い、ぽしゃんと音を立てて、深緑色の藻で被《おお》われている池に投げ込んだ。

「供養はこれまで。歯の痛みごときに堪《こら》え性《しょう》もなく、剣術の修練一つ高みに達せず、不可解な死に方をした倅《せがれ》の骸を当家に戻すには及ばない。野犬に食わせようが、焼き捨てようが、無縁塚に投げ捨てようが、いっこうにかまわない。扱いは任せる」

振り返って桂助を睨《にら》み据えると、すたすたと中庭を歩いて隠居所へ去ってしまった。

とりつくしまがないとはまさにこのことであった。

――どうしたものか？――

桂助は啞然《あぜん》とし、しばしの時が過ぎた。

――いよいよとなれば、おとっつぁんに頼んで、藤屋《ふじや》の菩提寺《ぼだいじ》に、千住様お一人のお墓や墓石をお願いするしかないのかも――。そうは言っても、千住様にはれっきとした菩提寺がおありになるだろうから、他人の菩提寺では御霊《みたま》は安らげず、これでは少しも供養にはならない――

桂助が困惑して腰を浮かしかけた時、

「お待ちください」

やや顎《あご》の細い四十歳近い男が客間の障子を開けた。

「どうか、そのままで」

男の言葉に従った桂助は座布団の上に再び腰を落ち着けた。

「今、父上に長く行方知れずになっていた品三郎の報《しら》せを聞いてきたところです。それがしは千住市之助、千住家の当主です。父上の意向と関わりなく、品三郎の骸は千住家で引き取らせていただきます」

市左衛門や品三郎に比べると小柄で全くと言っていいほど二人と似ていなかったが、ゆったりと穏やかな話し方、総じて柔和な印象が桂助をほっとさせた。

「それを聞いて安堵《あんど》いたしました。生前、品三郎様は御家族、特に亡くなられたお母様に格別な想いがおありのようでしたから」

「あなたは口中を診《み》る医者だと父上から聞きました。品三郎の歯の治療でお世話になったお方だとも。だとしたら、もう、お気づきになっておられるでしょう？」

市之助はやや黄みがかってはいるが、固く大きな前歯を見せている。

「口中の病は口の中を口嗽《くちゆす》ぎや房楊枝《ふさようじ》使いで常に清らかに保つことで防げます。但《ただ》し、同じように口中を清潔にしていても、歯や歯茎の病に罹《かか》りやすい質《たち》とそうでない質はあるのです。これはもう、御先祖譲り、親譲りということになります。どうやら、歯の質に限ってはあなた様とお父様は似ておられるようです」

「そうなのです。むしばや歯草《はくさ》と縁のない父上はもとより、それがしや家を出てしまったすぐ下の弟も歯痛にだけは悩まされたことがないのです」

「亡くなったお母様はいかがでしたか？」

「母上も歯は頑健そのものでした。両親《ふたおや》ともがむしばば、歯草知らずでしたので、それがしと下の弟も同様なのでしょう」

桂助は思わず息を呑んだ。

「だとすると、お顔があれほどお父様に似ている品三郎様は――」

「品三郎は父上が行儀見習いに来ていた若い町娘に手をつけて生ませた子どもです」

さすがに市之助は桂助の目を見なかった。

「品三郎様はたいそうお母様を慕っておられましたが」

あまりの意外さに桂助は洩《も》らした。

「そうでしょう。母上は何も言わずに品三郎を我が子として育てていました。それがしたちにも、お腹《なか》を痛めていない子だとは告げませんでした。母性豊かだった母上は、たとえ自分の子でなくとも、真底、品三郎が可愛《かわい》かったのだと思います。それがしや弟が知っているのは、奉公人たちに話を聞いてのことです。奉公人の中には、母上が品三郎ばかり可愛がっているように見えて、それがしや弟を不憫《ふびん》に思い、つい、品三郎の出自を詰《なじ》ってしまう者がいたのです。おそらく、品三郎は母上を継母《ままはは》と疑ったことなど無かったと思います。ただ、家族の中で歯痛持ちは品三郎一人でしたので、口中医にでも歯痛の愚痴を洩らせば、疑いを持たれたかもしれません。とかく病になりやすい体質や、むしばに冒される歯質は親から伝わるものだと、医者たちは言うことが多いので」

「たしかに血縁によって体質や歯質が似ることはありますが、それが病やむしば等の因《もと》の全てではありません」

「とはいえ、品三郎の生みの母であるその町娘は、その後、他所《よそ》へ嫁いだものの、出産の際に命を落としました。何でも、とことん悪くしたむしばの毒が、難産で弱った身体中に廻《まわ》ってのことだと聞いています」

　市之助は淡々と話した。

「それで、お父様は品三郎様の歯痛を認めなかったのですね。口中医に診せることも勧めなかったし、お母様は懸命にいろいろな言い伝えを取り容《い》れて、品三郎様の歯痛を癒そうと努められた――」

「そのように思います。先ほど会われておわかりになったでしょうが、兄弟の中で歯の質以外は、一番品三郎が父上に似ています。父上とて品三郎が可愛くなかったわけがないのです。あなたに言った父上の言葉は本意《ほんい》ではあり得ません」

　突然逝ってしまった弟を悼《いた》みつつも、しごく冷静沈着な市之助の様子に桂助はある期待を抱いた。

――品三郎様の死の真相に近づく手助けをしてくださるのでは？――

「お父様にはどのように亡くなったのか、はっきりしていないとだけ申し上げていたのですが――」

桂助はツクヒに罹患《りかん》していたかもしれない可能性に触れて、

「どこでかは分かりませんが、ツクヒに罹り、亡くなった後、誰かに品川宿まで馬で運ばれたようなのです。そのように推測がつくのは、身元の見当がつかない者と馬の両方が、品三郎様の骸が見つかった品川宿で、ツクヒで果てているゆえです」

理路整然と続けた。

「もしや、そこまでの推測をされたのはあなたではありませんか？」

市之助は改めて桂助を凝視した。

「ええ、わたしは品三郎様の重いむしばを全て抜きました。それしか手当ての仕様がなかったからです。そして、歯痛と縁を切ることのできた品三郎様に、力強く生きてほしいと切に願っていました。ですから、品三郎様のあのような死に様に何とも得心がいかなくて。どうして、品三郎様が亡くならなければならなかったか、究明せずにはいられない心持ちなのです」

「ありがたい」

市之助は桂助の方に近寄って、その手を握りしめた。

「あなたは弟の仇《かたき》を取ろうとしてくれているのですね。武家ゆえ、兄が弟の仇討《あだう》ちするのは認められないそれがしたちに代わって――」

市之助の声が掠《かす》れ、

――少し意味合いは違うような気もするが、結果はそういうことになるのかもしれない――

桂助は無言で相手の手を握り返した。

こうして、千住品三郎の骸は高輪の生家へと運ばれ手厚く弔われた。

そのことを市之助から知らされた桂助は、

――必ず死の真相を突き止めると市之助様とも約束してしまったからには、是非ともあの推測を裏付けるに足る確たる証《あかし》を摑《つか》まねば。それには、武士ではなかったかと見当をつけている、骸を焼かれてしまったツクヒ患者の身元を突き止めなければならない――

やはりこれは岸田《きしだ》正二郎《しょうじろう》に訊《き》いてみるしかないと思った。

早速翌朝、訪ねたい旨を文《ふみ》にしたためて、岸田の屋敷まで使いの者に届けさせようとしていた矢先、

「桂助先生っ」

血相を変えた金五《きんご》が飛び込んできた。

急には勢いが止まらない金五の長すぎる手足が、まだ左右上下にゆらゆらと揺れていて、はあはあと息をつくのを堪《こら》えているためか、ぎりぎりと歯が食いしばられている。

二

この間の時にも増して、懸命に全速力で駆け通してきた様子の金五に、

「まあ、まずは一息ついて、喉を潤してから――」

桂助は真穂《まほ》に頼んで湯冷《ゆの》ましの入った湯呑みを手渡した。

「ああーっ、旨《うめ》え」

一気に飲み干した金五は、

「また、あれが出たんだよ」

「あれって？」

「品川宿から運んだ骸に似たのが――」

そう聞いたとたん、桂助の心の臓がどきりと鳴って全身に緊張が走った。

――やはり、千住様だけではなかった、同様のことが繰り返されていた――

これはまさしく、千住の骸が包まれていた筵《むしろ》が土で汚れていたと聞いて、咄嗟《とっさ》に口走った桂助の言葉が正しかったのだった。

――実はあの時の直観が当たっていないことを願っていたというのに――

とはいえ、このことは千住の死の因《もと》の手掛かりにはつながる。

「どこでです？」

「金杉下町《かなすぎしもちょう》の浄方寺《じょうほうじ》」

浄方寺は投げ込み寺の一つとして知られている。投げ込み寺には無縁塚がある。この塚には身よりのない遊女や行き倒れなどの遺体がまとめて葬られている。古くはこれらの骸が捨てられるのはあまりにも不憫《ふびん》だと、ここに放り込まれたことから、投げ込み寺という俗称がついていた。

このような市中にある投げ込み寺の中で、時季には梅や桜、菊の花が美しく咲く浄方寺は、遊女の骸の供養が多いこともあって、花散る寺とも称されていた。

「まさか、あの手の骸が無縁仏に混じっていたのでは――」

桂助は案じたが、

「無縁塚なら始終、骸を葬ってるから少しばかり、土の色が変わっててもわからないんだよ。それにしても仏様を恐れない、大した仏罰《ぶつばち》だよね。それも一体、二体じゃないんだから」

金五は憂鬱そうに告げて、

「とにかく、友田《ともだ》の旦那が先生をすぐ呼んで来いって。これも品川宿からの因縁だと思って諦めてほしいって。来てもらえますか？」

不安げに桂助の応えを待った。

「わかりました。すぐ身支度します」

こうして桂助はまたしても、金五、友田と一緒に不可解な事件に関わることになった。

桂助たちが着いた時、友田達之助《たつのすけ》は本堂にいた。住職に精進料理の朝餉《あさげ》、一汁一菜を振る舞われているところであった。

汁は微塵《みじん》に切った大根、人参《にんじん》、蕪《かぶ》等の余った野菜の皮を胡麻《ごま》油で炒《いた》めて、出汁《だし》で煮込み、塩、醤油《しょうゆ》、生姜《しょうが》の絞り汁で味付けし、水溶き片栗粉《かたくりこ》でとろみをつけた雲片汁《うんぺんじる》である。飯は麦飯。

「菜がないではないか？」

友田が文句を言うと、

「汁に野菜が沢山入っておりますぞ。それに何より、御仏《みほとけ》の前での苦情はよろしくありません。当寺は弱い者たちにことのほかお優しい仏様のお導きで、長きに渉《わた》って供養の花を絶やさずにまいりました。それなのに、今回、このような酷《ひど》いことが起きて、仏罰が下るのではないかと拙僧は案じております。どうか、くれぐれも我《わ》が儘《まま》はお控えください」

痩せ細った鶴のような老齢の住職は苦渋に満ちた表情を崩さずに毅然《きぜん》と言い返した。

桂助たちは友田が朝餉を食べ終えるのを待って、無縁塚のある寺の裏手へと廻ることにした。住職は木魚を叩《たた》きながら、掠れ気味の声を精一杯張り上げて経を読み始めている。

「あれが事の起こりだ」

本堂を出て立ち止まった友田は空を仰いだ。

今日は晴れているが、何日か前は強い風が吹き、雨が一日中、市中近隣に降っていた。

「このところの雨で無縁塚の上の土が流されて抉《えぐ》られた。すると中から裸の骸がぞろぞろ出てきた。どれも、まだ完全には白い骨になっていない。浄方寺では感心なことに、裸で運び込まれることもある遊女の骸にも、行き倒れの者の骸にも、皆、分け隔てなく、三途《さんず》の川の渡し賃の代わりに小石を握らせて葬っているのだそうだ。ところが風雨が禍《わざわい》して、塚から食み《は》出てきた骸はどれも手に小石を握っていなかった。驚いた住職が今朝早く奉行所に報《しら》せてきて、わしが出張《でば》った」

友田がざっと経緯《いきさつ》を説明してくれた。

無縁塚はすでに何人かの墓掘り人夫に取り囲まれている。

「そろそろ仕舞いでさ。下にも骨になりきってねえ骸はあるけど、手に小石を握ってやすから」

墓掘り人夫の頭《かしら》が友田に告げた。

何枚もの筵が用意され、掘り出された骸が並べられていく。腐肉の貼りついた骸には数知れない虫が這《は》い回っていた。

「き、気持ち悪い」

青ざめた金五は桂助にすがりついた。

咄嗟に桂助も鼻に片掌《かたて》を当てた。

「よしっ」

勢い込んだ友田は、

「これでも長年、多くの骸を見てきて、骸が新しい、古いの見分けは極めておる。わしの言う通りに並び替えろ」

人夫たちに指図して、千住の骸のような腐乱したものから、一部が白骨のものまで順に並び替えさせた。

「こうすれば、骸の様子の違いでいつ頃亡くなったか分かりますね」

桂助の言葉に、

「その通り。これが夏場の川や沼に投げ込まれていたとしたら、半月と経《た》たないうちに骨になってしまうから、各々の骸がいつ死んだかの違いはつかなくなってしまっただろう。土の中に埋められていたのが幸いした。何しろ、野ざらしだと夏場で十日、冬場でも半年ほどで真っ白になってしまうが、土に埋められていると、完全に骨になるまでかなりの歳月がかかる。ここは始終じめじめしているから早いだろうが——。ここから先は藤屋、おまえに任せるぞ」

「わかりました」

桂助は手を合わせてから八体の骸の前に座り込んだ。何より堪え難いのは、蠢《うごめ》く数え切れない腐肉好きの虫たちであったが、桂助は目を逸《そ》らすことなく説明を始めた。

「まずは男女の別を検《あらた》めます。最も新しい骸は千住様より腐乱は進んでいますが、下腹部に腐乱状態の一物《いちもつ》が残っているので男です。次のは胸に隆起があり、潰れた大きな髷に平打ちの簪が残っていて、女子と見受けられます。三体目は胸から肋骨が見え隠れしているので、隆起の有無は推しはかれませんが、残っている下腹部の肉に切断の痕がなく、これも女子。四体目からは骨になっている部分が多いです」

そこで桂助は一度説明を切った。

――長崎で学んだ忘れかけていた知識を思い出さなければ――。

多くの仲間たちは死者の骨についての知識など、人の命を救う医療には関わりがないとして、講義を聞かずに酒など飲んで時を潰していた。わたしも金輪際、使うことはないと思ってはいたが、なぜか興味を惹《ひ》かれて講義を受けた。あの時の死者についての学びがここで役に立つとは――

「骨から男女の違いがわかります。男の頭の骨、いわゆる髑髏《どくろ》は大きく、がっちりしていますが、女子の方は小さくやや丸みを帯びて華奢《きゃしゃ》です。もっとはっきり違いがわかるのは骨盤です。骨盤の形は男が高さのある三角で、女子は低い楕円形《だえんけい》です。骨盤腔《くう》の幅も、男は狭く、お産をする女子はかなり広めです。これらを基に四体目からの骸を視《み》ていくと、五人分の骸のうち、三体までが女子、二体が男です」

――おや――

桂助は最も古い年配と見受けられる女の骸の右手が、房楊枝を握っていることに気がついた。周囲に悟られないように抜き取って懐にしまった。

――あらぬ疑いが鋼さんにかかっては気の毒だ――

「骸は五体が女、三体が男というわけだな。なにゆえ、女が多いのだろう?」

友田は首をかしげ、やっと腐肉好きの虫たちに慣れてきた金五に、

「年齢《とし》とかまではわかんないよね?」

問われた桂助は、

「おそらくわかります」

さらに長崎時代の学習の成果を呼び起こした。

「頭の骨は、若い人ほど成長を示す骨と骨とのつなぎ目である縫合線がはっきりと見えますが、年齢をとると癒合《ゆごう》し、この縫合線がぼんやりとしか見えなくなってしまうのです。これに基づいて検め、先ほどの男女の別に加えて、老若を分けていきます」

桂助は手控帖《てびかえちょう》を破って、一番目から八番目までの骸の前に走り書きを置いていった。

これを金五が自分の手控帖に書き留めると以下のようになった。

一体目　腐乱状態　　三十歳前の男
二体目　腐乱状態　　二十歳前の女

三体目　腐乱状態　　　　　二十歳前の女
四体目　一部白骨　　　　　五十歳以上の男
五体目　一部白骨　　　　　五十歳以上の男
六体目　一部白骨　　　　　二十歳前の女
七体目　そこそこ白骨　　　二十歳前の女
八体目　そこそこ白骨　　　五十歳以上の女

——最も新しい骸だけが千住様に似た年頃だ、もしや——

「友田様、口中は検められましたか？」

桂助は訊かずにはいられず、

「まだだ。気にかからぬこともなかったが、それも、藤屋、おまえの仕事と決めていた、わしらにはとてもできぬ芸当だ」

友田はあっさりと調べを怠っていることを認めた。

桂助はまずは腐乱状態の骸の一体目から三体目の口中を開いてみた。

——思った通りだ——

三

三体の骸の口中に白い歯は一本も見えず赤黒い穴でしかなかった。

「全ての歯が失われています」

桂助の言葉に、

「なるほど。三体まではわかったが、一部が骨になっている後の五体は？」

友田は追求した。

――男女や老若を見極めるのに急《せ》いて、つい見落としてしまった、わたしとしたことが――

桂助が検めようとすると、

「どれも歯無しだよ」

一度見たら決して忘れない金五がそろりと告げた。

「さすが、金五さんですね」

頷《うなず》いた桂助は、

「たとえ死しても、残っていた歯は骨と共に残るものです」

友田の方を見て言った。

「わかった。つまり、不届き千万にもここに埋められていた者たちは、全員、歯無しだったというわけだな」

友田の念押しに、

「あと品川宿の簀巻《すま》きの男の骸」

金五が付け加え、

「歯無しが共通している不審な骸は全部で九体です」

桂助は言い切った。

――これほど沢山の骸が密《ひそ》かに始末されていたのだとしたら、千住様がツクヒに罹った可能性も少なくなってきた。ただし、その骸が品川で始末されようとしていたという推測は間違っていない――

「新しい骸の死の因はわかるか？」

「断じられるのは一体目だけです。千住様同様、傷はどこにもありませんでした。後の二体目、三体目は傷みが酷すぎるのでくわしくはわかりません。一部ないし、そこそこ骨になってしまっている五体の骸については、骨に届く刀傷は見当たらない、その程度しか申し上げられません」

「住職に訊きたいことが今、閃《ひらめ》いた」

友田は本堂に急ぎ、桂助たちも後に続いた。

「およその検めが終わった」

友田が告げると、

「ならば、すぐにここへ運びなされ」

「でも――」

金五はあの虫という言葉を続けそうになって嚙み殺した。察した住職は、

「どのような姿になっていても、来る者拒まず、御仏は慈悲の御心でお包みになる。案じるには及ばない。そろそろ庭に菜の花も咲いてきている。菜の花を摘んで手向けての供養もできましょう」

読経を終えたせいか、常の穏やかさを取り戻していた。

「ただし、御仏の御心を乱した輩《やから》は罪を償わなければなりませぬ。速やかな調べをお頼みします」

住職は頭《こうべ》を垂れた。

これにはさすがの友田も恐れ入って、

「お願い事がございまして」

珍しく相手への言葉遣いを変えた。

「何ですかな？」

住職は年老いてはいても清々しい瞳でじっと友田を見据えた。

「このような不届きを犯した者を捕らえるためにお願いします。御住職に覚えがなく、塚から溢《あふ》れかけていた八体の骸は、以前から弔われていたこちらの骸の上に積み上げられておりました。御住職が最後に骸をあの塚に弔われたのはいつのことでしょう？それがわかれば、何者かが骸をあのように捨て続けた時を推しはかることができます」

友田は桂助や金五が今まで聞いたことがない丁寧な物言いをした。

「はて、いつだったか。年齢のせいで物忘れがひどくていけません。日記を見てくるとしましょう」

立ち上がった住職は、しばらくして日記を手にして戻ってくると、

「昨年の初めに、近くの遊郭喜元楼《きげんろう》から、労咳《ろうがい》でこの世での命を終えた遊女みよしの供養を頼まれ、あの塚に葬ったのが最後です。信心深く、心根の優しい女でした。遊女たちが身を置く苦界は、客たちには一時の華やぎでも、身を売る女たちにとっては、とかく辛《つら》いものじゃ。一度病を得ると、弱った身体《からだ》の遊女たちではたいていが打

ち克《か》つことなどできぬ。唯一の救いは御仏の慈悲しかないのです」

　感慨深げに呟いた。

　一方、金五は、

「ってことは、この一連のよくわかんない骸捨ては、去年の初めから今までの間に起きたってことだよね」

　桂助の耳に囁《ささや》いた。

「お送りしよう」

　山門まで見送りに来てくれた住職に、

「和尚様、おはようございます」

「おはようございます、今日はよい天気になりそうですね」

　二人の若い男たちが挨拶して中へと入った。二人は町人姿である。

「弟子たちで――」

　住職はうれしそうに二人の後ろ姿を見送った。

「僧衣姿ではないのですか？」

　桂助はふと訊きたくなった。

「弟子ではなく弟子のようなものです。当寺では弟子を取って起居させる余裕はありません。だが、ああして、仏の道に目覚めた若者たちが庭の草木の世話をしに通ってきてくれるのです。そのおかげで、毎年、当寺は花散る寺に恥じない庭景色を供養に訪れる人たちと楽しむことができます。御仏のおはからいとはいえ何とも有り難いことです」

「そういう若者たちが大勢いるのですか？」

「おかげさまでな。来る者拒まずが当寺の、いや拙僧の流儀じゃ。仏の道は形ではありませぬ。とはいえ、今日の朝のようなのは断じて困ります。ああ、いかん、本堂にはもうあの供養されていない骸たちが運ばれてくる頃でしたな、市井に生きる弟子たちにあの骸たちの様子は、ちと驚きが過ぎるだろうから。とかく、寺と名のつくところでは、地獄絵と称した鬼が出てきて、人をいたぶる絵話や、骸の変わりように材を得たあやかしの絵を見せて、見てくれの怖さばかり感じさせる。これは断じていかん。たとえどのような骸であっても、御仏の御慈悲を乞うことができるのだと話してやらねばならぬ。そうすれば、悪臭も醜悪な様子も皆、鬼やあやかしとは無縁、生きとし生ける者の運命と、心穏やかに受け止めることができよう。但し、もう一度繰り返すが、御仏ではない拙僧は骸捨ての張本人だけは許す心持ちにはなれぬ。しっかり調べて突き止めて報《しら》せてくだされ」

そう言い置くと住職は踵《きびす》を返した。

三人は帰りの道すがら、

「藤屋が和尚にした問いはなかなかだったぞ。これで、あの寺は始終人の出入りがあるとわかった。草木や花を愛《め》でるだけではなく、誰でも塚に近づける、そして、たいして怪しまれることもない――」

まずは友田が口火を切り、

「でもそれ、殺して捨ててるかもしれない、骸捨てを絞り込むのがむずかしいってことなんだけど――」

金五はうーんと腕組みをした。

――たしかにそうだ。これだけのことが起きているというのに、確たる手掛かりは皆無だ。この一年の間に市中でのツクヒの頻繁な罹患《りかん》は耳にしていない。品川宿で久々に見聞きした。となると、千住様の骸を運ぼうとした傷のある人と馬が、たまたまどこかの土の毒に触れて罹ってしまっただけという可能性の方が高くなった。八人の歯無しの人たちに千住様も加えるとすると、九人全員がツクヒで死んだとは思いがたくなった――

するとと桂助の胸中を察したかのように、

「一度ツクヒのことを外してみたらどうかな」

　金五が提案して、桂助は今まで二人に伏せていた、ツクヒで死んだ人馬による骸の移動の可能性を初めて口にした。

「実はわたしは、ツクヒで亡くなった千住様の骸を、運悪く土のついた筵か、その場の土からツクヒに罹った人馬が、品川宿まで運んだのだと推測していたのです。ですが、伝染《うつ》る新手《あらて》のツクヒではないかと怪しんで、取り乱しきっていた品川宿の医者とは異なり、たいていの医者はツクヒは怖い病ではあっても、伝染る病だとは見做《みな》していません。それで、なにゆえ千住様の骸が運ばれたのかはずっと疑問でした」

「別のとんでもない病だったってことはないのかな？　たとえばだけど、疱瘡《ほうそう》で死んだのなら瘡《かさ》だらけだろ？」

　金五の言葉に、

「それはあり得ます。ただし亡くなってすぐならともかく、あそこまでになってしまっていると見当がつきません」

　桂助は無念そうな顔になった。

「千住とやらの骸は旅心《たびごころ》の前のしだれ柳の下に置かれていた。今頃のしだれ柳は長く垂れ下がる葉には程遠い。運んで密かに始末するつもりだったのなら、なにゆえ、あのような目立つ場所に放りだしてあったのか？」

友田が新たな疑問を口にすると、

「わかったあ」

突然大声を出した金五は、

「伝助だよ、伝助。伝助は酒のためなら、人の嫌がることでもはいはいと引き受ける、あそこの何でも屋だったろ」

長すぎる手足を大袈裟《おおげさ》に揺らせた。

四

なおも金五は先を続けた。

「全てはあの一夜の出来事だったんだ。千住って人の簀巻きの骸を運んだ人と馬は、夜が来るまで、人目のつかない町外れの使われていない小屋にでも隠れていたんだと思う。夜になって、簀巻きの骸をわかりやすい約束の場所に置いたんだよ。その場所っていうのが旅心のしだれ柳の下だった。ところが伝助は酒好きが禍《わざわい》して約束を守れずに焼け死んでしまった。それで引き取り手がなくなったあの骸は、あそこに放り出

「なるほど。だが、簀巻きの骸を運んだとおまえが見做している男は、どうして、早朝の往来で倒れていたんだ?」

友田は桂助の方を見た。

「その頃にはもう、運んだ男にツクヒの症状が酷く出てきていたと思います。ツクヒはじわじわと悪くなる症状だと助かることが多いのですが、元気だった者に突然、どっと悪さが出てくるとたいていは亡くなります。運んだ男は命を懸けて、簀巻きの骸が無事引き取られたかどうかを見定めようとして、町中まで何とか歩いたのでしょう。残念なことに見定めることはできませんでしたが——。それでも、急に来た痛みや苦しみに耐えて、隠れ家から歩き続けられたのは、お役目ゆえの使命感だったのだと思います」

応えながら桂助はやはり骸を運んだ男は、役目に殉じる心がけこそ全てだと信じる、生真面目《きまじめ》な武士だったのではないかと思えた。

「そこまではわかったが、なにゆえ簀巻きの骸は秘密裏に運ばれて、始末されようとしていたのであろう?」

友田は大きく目を瞠《みは》った。

「花散る寺の無縁塚が満杯になっちまったからっていうんじゃ、勝手に急ぎすぎてるよね」

金五の目も桂助を窺《うかが》った。

「あの塚にはもう骸を埋める余裕が無くなっていたというだけでは、死の因が特定できない以上、秘密裏に運ばれたことの答えにはなりません」

首を傾《かし》げた桂助に友田は頷いて、

「八体の骸と簀巻きの骸は歯無しという一致がある。このあたりから死の因は特定できないものか？」

さらなる問いを発した。

「たとえば九人とも歯無しになる、口中の病、新手で急性の歯草にでも罹っていたとか――」

「少なくとも千住様はすでに歯無しだったはずです」

「それじゃ、新手の伝染るツクヒなんてのを思いついた、品川宿のとんちきな医者たちと変わんないよ」

桂助と金五は顔を見合わせた。

〈いしゃ・は・くち〉に戻った桂助を鋼次《こうじ》一家が待ち受けていた。弁天神社の境内に出した店は通いの手伝いに任せてきたという。

――何か？　急用だろうか――

まるで二人の両親《ふたおや》になったかのように案じる桂助であったが、一家はしごくゆったりと睦《むつ》まじく寛《くつろ》いでいた。

――まあ、何よりだ――

「ご無沙汰いたしております」

美鈴《みすず》が丁寧に頭を下げて挨拶した。

持ち前の気品ある美しさに加えて、店を取り仕切る女将《おかみ》さんの貫禄《かんろく》も出てきていた。

「ボーロっていうんだって？　まだ歯が生え揃わないお佳《よし》には何よりで、すっかり、ごちそうになってる」

鋼次はこれが挨拶代わりであった。

二人の間に生まれた赤子は女児で、

「俺が抱くと器量まで俺に似るんじゃないかって、気が気じゃないんだけど、ついつい手が勝手に伸びてやっぱり抱いてあやしちまうんだ。美鈴には抱き癖がつくからって、始終叱られてんだけどさ」

男兄弟しかいない育ちの鋼次はまさに舐《な》めるようにお佳を可愛がっている。

「あら、あたしは鋼さんのこと、たいした男前だと思ってるわよ、だから一緒になったんじゃない」

美鈴の惚気癖《のろけぐせ》は益々《ますます》盛んになっている。

「ボーロではなく、たまごの実という名の食べ物です」

桂助が正すと、

「たまごの実？　可愛いい、ちょっと不思議な名で、このお菓子の様子にも味にもぴったりだわ。でも、真穂さん、南蛮菓子の一つでボーロっていうんだって言ったわよねえ」

美鈴が真穂に同調を求めた。

「本当の名はボーロですから」

真穂が戸惑って俯いてしまうと、

「実はたまごの実という名はその真穂さんが付けてくれたのです。美鈴さんの言う通り、とてもいい名だとわたしも思います」

桂助は笑顔で事情を説明した。

「それじゃ、天下晴れてたまごの実に決まり」

そう言い切った鋼次が大鉢に手を伸ばして、摑んだたまごの実を口いっぱいに頰張ると、お佳も真似《まね》をして小さな紅葉《もみじ》のような手を突きだしてやたら振り回した。

その挙げ句、えんえんと泣きだして、

「お行儀の悪い困ったおとっつぁんねえ」

苦笑した美鈴はお佳を抱き寄せて、

「気をつけてよ、親のすることを見て子どもは育つんだから」

鋼次を軽く睨《にら》んだ。

「お里が出ちまったな」

鋼次の方はおどけてぺろりと黄色い舌を出して見せた。するとお佳は何やらわからない言葉を発しつつ、にこにこと笑いだした。

「けど、どうせ知れてることだし」

美鈴は大店の娘ではあるが、親の力を笠《かさ》に着たりせずに、鋼次の両親や兄弟が住む長屋の並びに嫁入りした。

「あたし、それほどお嬢様じゃないから大丈夫、貸したお醬油はお味噌《みそ》で返して貰《もら》う度胸あるしね」

さらりと言ってのけて、日々、鋼次の家族と顔をつきあわせていた。

——商いは順調でお佳ちゃんも元気に育っていることだし、そろそろ長屋から仕舞《しもた》屋《や》に引っ越すという報告だろうか？——

桂助は二人が切り出すのを待っていると、美鈴と目配せした後、

「金五にばったり会って聞いた話なんだが——」

鋼次は話し始めた。

同じ長屋に住んでいる金五は鋼次の弟分であった。

「桂さん、このところ、品川宿やら金杉下町と飛び回ってて、ぞろぞろよくわかんねえ骸が出てきてる一件に関わってるそうじゃねえか。金五の奴《やつ》、これはデカい事件だって、勢いづいてて、桂さんの着眼はさすが凄《すご》いなんてうれしそうだったけど、俺は心配だよ。これって、たしかにデカくて、相手の正体がまるで分からないだけに危ない話じゃないか？　命懸けだ。もう、巻き込まれちまってんのかもしれねえけど、今なら間に合う、命がある、後戻りして欲しいんだ」

「たしかにその通りですが、これにはいろいろこちらの事情もあるのです」

桂助は千住品三郎の話をかいつまんで話した。簀巻きの骸が千住品三郎だとわかったのは、手に握っていた〈いしゃ・は・くち〉特製の香り草ゆえであったことも——。

「それでその千住ってお侍を死なせちまったのは、自分のせいだって桂さんは思って

突き進んじまったんだろう？　それって、桂さんらしいけど、何もそこまでしなくても」

「あたしは先生が千住様のお屋敷を訪ねて、品川宿から運んできた品三郎って方の骸をお届けしただけで、充分な供養になってると思うわ」

黙って鋼次に頷いて同調しているだけではなく、自分の考えを率直に言葉にしたのは、如何《いか》にも女らしいだけではない美鈴らしかった。

「そりゃさあ、桂さんの捕り物の腕が一流だってことは間違いねえよ、苦楽を共にしたこの俺が誰よりも知ってる。けどさ、あれはたいていこっちも危なかったろ。悪い奴らの身になってみりゃあ、悪事を暴かれてお縄になる前に先手を打ちたいだろうからさ。そんなわけで、今、俺たちは桂さんの身に何が降りかかってくるか、わかんねえのが不安でなんねえんだよ。お江戸の口中医ここにあり、桂さんには、ずーっと歯抜きの名人でいてほしい。俺たちの桂さんで、歯を病む人たちみんなの桂さんで、それから——」

危うく鋼次は、〝桂さんと好いて好かれてる、たとえば志保さんみたいな女の桂さん〟と続けかけた。

——真穂さん、聞いてるのよ——

美鈴の目が制した。

――そうだったな――

「まだ夜は冷えますすし、お佳ちゃんも食べられるものにしましょうか」

鋼次たちを引き留める代わりに、真穂は夕餉に小田巻蒸しを拵《こしら》えた。

小田巻蒸しは、饂飩《うどん》、蒲鉾《かまぼこ》、干し椎茸《しいたけ》、百合根《ゆりね》、鶏肉《とりにく》または穴子《あなご》の蒲焼《かばや》き、三つ葉等を器に入れ、生卵と出汁《だし》をよく混ぜ合わせて加え、竈《かまど》にかけた蒸籠《せいろ》で蒸す。要は具沢山の茶碗蒸しに饂飩が加わったものではあるが、誰にでも喜ばれるもてなし料理の一つであった。

五

この後、〈いしゃ・は・くち〉の座敷は小田巻蒸しの温かい湯気と、久々に集った鋼次一家と桂助、真穂の笑顔で楽しい時が過ぎた。

――鋼さんに訊きたいことがあったのだが――

桂助は花散る寺の無縁塚から出てきた骸が房楊枝を握っていたことはまだ話していなかった。桂助はちらりと鋼次の方を見た。

――事件の話はこの場にふさわしくない、今は止《や》めておこう――

「桂さん、何か？」

鋼次が気がつかないはずもなかった。

「房楊枝のことなのですが、歯無しの方でも使う人はいますよね」

桂助は事件と関わりがあるとは、悟られないように訊くことにした。

「歯無しになりゃあ、歯の代わりの土手だけが頼りだ。房楊枝まで使う手合いには、土手の手入れに口を嗽《すす》ぐだけじゃあ、物足りないってえ、綺麗《きれい》好きな爺《じい》さん、婆《ばあ》さんが多いよ」

鋼次は几帳面《きちょうめん》に応えた。

「ちょっと待ってください」

桂助は家に入る前に井戸端でさっと洗い清めてあった、無縁塚から見つかった房楊枝を懐から取り出した。まだ、やや湿っている。

「実はこれなのですが――」

受け取った鋼次は、

「ありゃあ」

のけぞりながら、

「こりゃあ、俺が頼まれて拵えた黒文字《くろもじ》の房楊枝だぜ。けど、ずいぶん使い込まれてるし、湿ってる。どうして、桂さんがこんなもん、持ってるんだい？」

首をかしげた。

桂助はそれには応えず、

「頼んだ人の名は？　住んでるところは？」

畳みかけた。

「木質が柔らかく、細工がしやすいドロヤナギで沢山作る房楊枝はともかく、硬い木質の黒文字を使った房楊枝は、いい匂いがして、口の中から鼻へ香気が通ってふーっといい気分になれる。そのうえ、柄で舌こきもできるんだ。ただし、こいつは値がいいもんだから、特別に頼まれて拵えてる。だから、覚えてるはずなんだが――。情けねえことに、誰だったかな、すぐには思い出せねえ。神社に店を出すんで忙しくて、その前のことは、ただでさえ、覚えの悪いこいつが――」

鋼次は自分の頭をぽかりと一つ軽く拳で殴って、

「くたびれちまってていけねえんだ、桂さん、ごめん」

頭《こうべ》を垂れた。

「帳面に残ってはいませんか？」

桂助は美鈴に訊いた。

「調べてみます」

美鈴は慎重に応えた。

〈いしゃ・は・くち〉から長屋までの帰り道、お佳は美鈴の背中におぶわれたまますっかり眠り込んでしまっていた。

「代わろうか」

鋼次は温かでふわふわしていて愛らしい我が娘を、背中におぶわずに、抱き抱えて歩くのが何よりの楽しみだった。

「お願い」

お佳は美鈴の背中から鋼次の腕の中に移された。

美鈴はふーっと大きなため息を洩らしつつ、両手を上げて伸びをして、

「あ——、極楽、極楽」

娘を宝物のように緊張して抱いている鋼次を見て、

「今、幸せ?」

念を押してみた。

「あたぼうよ」

鋼次の顔はでれでれの笑顔であった。

「あんたがこれほど子ども好きだとは思わなかったわ」

美鈴は呆《あき》れたがその顔もまた、幸せそのものであった。

「俺もさ、ここまで子煩悩だったとは自分でも知らなかった」

「ところで、さっきのあの二人、どう思う？」

美鈴は桂助と真穂の話に転じた。

実は、二人は桂助が花散る寺から戻ってくる前に、どうして、真穂がここに起居しているのかから始めて、真穂の出自や仕事、いつまで療養でここにいるのかまで、すっかり聞き出していたのだった。

「桂さん、真穂さんが付けたたまごの実って名に拘《こだわ》っちゃってて、まんざらでもなさそうだったな」

「いい感じだったわよ。それにあの真穂さん、綺麗好きで働き者らしく、桂助先生一人の時より、掃除も行き届いてて、ちょっと見ただけだけど、薬草園だって手入れがちゃんとされてた。料理も上手だし、子ども好きのようだったし、気立てもよさそう、あたしは申し分ないと思うけどな」

「あの真穂さんを桂さんの嫁さんにってか？」

「もちろん」

「だけど――桂さんには――」

「志保さんのことでしょ。でも、男って、自分の子どもができれば、子どものために家族が大事、嫁はいい母親で家族の縁の下の力持ちであればいい、それが叶えば幸せを感じるもんじゃないかって、あたしはあんた見てて思うんだけど――」

――たしかに。桂さんや志保さんと過ごした日々は結構、長かったはずなのに、お佳が生まれたこともあって、美鈴とはもっとずっと一緒に生きてきたような気がする――

「桂さんにも俺のこの幸せの裾分けをしたいよ、そうだな、真穂さんと桂さん、似合いかも」

鋼次は美鈴の言葉に大きく頷いた。

鋼次一家が帰ってしまうと、

「火の消えたようですね」

真穂は片付けを始めた。

桂助が手伝おうとすると、

「ここはわたしがいたします。このぐらいさせていただかないと。お疲れのようですから、先生はどうかお休みくださいませ」

真穂は頑《かたく》なに首を横に振った。

──明日はいつも通り、患者さんが来る。今夜は真穂さんに甘えて早くやすむとしよう──

桂助は自分の部屋の押し入れから夜具を出して延べ、着替えて布団の上にごろりと横になった。

──しかし、どうにも落ち着かない、目が冴《さ》える──

桂助の頭の中に、さっきまでの鋼次一家の微笑《ほほえ》ましくものどかな団欒《だんらん》の様子が絵のように浮かび上がった。

──あの羨ましいほどの楽しげな様子は、開花したばかりの美しき花を想わせた、まさに人生の花期──

その一方で花散る寺で目にした、各々の骸たちの無残な光景が閃いては消え続ける。

──花散る寺のご住職の言葉通り、人の生とは楽にして苦、美にして醜、常に光と闇が隣り合っているものなのかもしれない。だとしたら、骸になった人たちには、どれだけの楽と美があったのだろう？　歯無しになるまでのむしばの痛みははかりしれない。また、抜歯への恐れはいかばかりだったろう。あの人たちの生が、苦と醜で覆われた闇を這うような生き様であったとしたら、その無念が晴らされなければ到底、成仏はできないのではなかろうか？――

桂助の目はさらに冴えてきた。眠れそうにないので起き上がり、廊下を歩いて治療処《どころ》に入って座した。

桂助はとりたてて信心深い方ではなかったが、治療処にはおびんづる様を祀《まつ》っている。

びんづるは釈迦《しゃか》の弟子の一人で、知恵者で気性の張った王をも説き伏せるほどの説法に長《た》け、転じて、この像のつるつる頭を撫《な》でると病から身を守れるとされていた。そのため撫で仏とも言われてきている。

桂助はこのおびんづる様を撫でる代わりに一心に拝んだ。

――どうか、どうか、この世で病や痛みに囚《とら》われて苦しんでいた者たちも、あの世では健やかに暮らすことができますように――

半刻《はんとき》（約一時間）も祈り続けたろうか、幾分気持ちが落ち着いてきた桂助は障子の向こうに人の気配を感じた。

「たぶん──」

開けると障子を前に真穂が廊下に正座し続けていた。

「わたし、力不足で、今夜は小田巻蒸しだけで手いっぱいでしたけど、上川屋《かみかわや》の御隠居様からまた、白牛酪《はくぎゅうらく》が届いてたんです。御隠居様はたまごの実をすごく気に入ってくださってて、〝今度は、つるり菓子たまごを作ってみてほしい〟って、作り方まで書き添えてくださってました。これも南蛮菓子のようです。先生も一緒に拵えませんか？」

真穂は屈託のない笑顔を桂助に向けた。

「それは何よりです」

知らずと桂助も微笑んでいた。

──ああ、この顔と明るさがこの世の全てであったら、どんなにかいいか、心穏やかでいられることか──

桂助はじっと真穂を見つめずにはいられなかった。

「御隠居様の文には〝そのうち、歯無しの人たちに優しい料理を振る舞う会を催すつもりだ、断るまでもなく、歯抜けでさえあれば誰でも、銭を払わずに食べることができる会だ〟とも書いてありました。〝そのためには、これから当分、その手の料理やお菓子を自分が考えるから、わたしに試すように〃とも。このわたしにできるものでしょうか？」

真穂は小首を傾けた。

「歯無しの人たちに優しいというのは、啓右衛門《けいえもん》さんならではの思いつきですね。世の中を照らすよい試みだと思います。あなたならできますとも、もちろんわたしもお手伝いいたします」

桂助は大きく頷いて笑顔を広げ、

——こんな明るい先生の顔を久々に見た——

束《つか》の間《ま》、真穂は安堵《あんど》した。

しかし、すぐに、

——先生はこのところ、暗く沈んで、悩んでいる様子だった。きっと鋼次さんが話してたことと関わってのものなのだろうけど、わたしからそれについては訊けない。いくら夜も眠れぬほどに案じてても、わたしと先生はそこまで親しくないのだから

——

真穂の心はまた揺れ始めた。

六

この後、桂助と真穂は啓右衛門の書いてきた作り方に添って、つるり菓子たまごに挑戦した。

まずは真穂が牛の乳を小鍋で温めて砂糖を溶かした。

「これをしばらく浸して香りを移すとありますけど、いいのかしら？」

真穂は啓右衛門が文に添えてきた黒く乾いた物をじっと見つめた。

文には豆の入ったさやと書いてある。

「見かけはよくないけど、とっても香りはいいですね、こんないい匂い嗅《か》いだの、生まれてはじめて――世にも美しい匂いってこのことかも――」

真穂が躊躇《ためら》っていると、桂助はそのさやに鼻を近づけた。

「長崎の匂いです、出島《でじま》での南蛮料理の夕餉に招かれた時、夢のように美味《おい》しいタルタをご馳走《ちそう》になりました。皮の中身が唐芋《からいも》や栗ではなく、しっとりふわりと口になじむ黄金色の濃厚なとろみで、この匂いがしました。あの黄金色が卵と牛の乳だとすると、このさやの匂いと合うのでしょう」

こうして黒いさやは砂糖の溶けた牛の乳に浸され、何ともそそる匂いを移しつつ、啓右衛門の指示通り、牛の乳が人肌まで冷めた後、取り出された。

「卵はよくときほぐすとあります。白身だけとは書いていないので、黄身も入ってかまわないのでしょう。念のためこれをお借りします」

桂助が全卵を真穂が作った引裂箸《ひきさきばし》の泡立て器でときほぐした。

ほぐした卵は、砂糖が溶け、いい匂いが移って人肌に冷ました牛の乳に加えられてよく混ぜられた。

「次はこれを馬毛の漉《こ》し器を使って、丁寧に裏漉しするようにとあります。これはわたしがいたします」

真穂が裏漉しをしている間に、桂助は竈《かまど》に火を熾《おこ》し、蒸籠《せいろ》をかけて蒸し上げる準備をした。

裏漉しされたものをいくつかの猪口《ちょこ》に流し入れ、蒸籠に入れて遠火で四半刻（約三十分）ほど蒸し上げると固まる。

これを粗熱《あらねつ》が取れたところで盥《たらい》の井戸水で冷やす。

「これはむずかしそうだわ」

真穂は不安そうに、つるり菓子たまごにかけるタレの作り方の書かれた箇所を読んでいた。

　桂助が真穂の後ろに廻って字面を追っていると、

「でも、わたし、やってみます」

　真穂は平たい鉄鍋に砂糖と水を入れ、飴色《あめいろ》になるまで煮詰めていった。

「仕上げは素早く、割り水を足すと書かれてるんですけど、水の量で微妙にタレのとろみが違ってくるんでしょうね」

　真穂は水っぽくならず、濃厚すぎない、ほどよいとろみにタレを仕上げた。

「そのタレ、ちょっと舐《な》めてみませんか？」

　桂助は小皿二枚にタレ少々を取り分けて真穂に勧めた。

「あらっ」

　真穂の目がきらっと光った。

「美味しいですね」

　桂助は知らずと目を閉じていた。

　――これもまた、あの黒いさやの香り同様、何とも不思議にそそられる味だ――

「砂糖の焦げた味なんてさほど美味しくなんてないと思ったのに」

「かけてみましょう」

桂助は井戸水で冷やした猪口を二つ手に取った。たっぷりとタレをかけて、

「さあ」

木匙と一緒に真穂に渡した。

「二人同時に掬《すく》って食べてみましょう、さあ」

桂助の掛け声で二人は木匙を動かした。

「わああ」

「うわあ」

二人は共に歓声を上げた。

「こんな美味しいお菓子ってあるんですか?」

真穂の瞳はきらきらと輝き続け、

「そりゃあ、そうですよ、黒いさやの香りと砂糖の焦げが卵の風味と相俟《あいま》って、癖になりそうなほど凄《すご》い隠し味になっているのですから」

桂助も珍しく興奮していた。

「きっと、食い道楽の御隠居様はこの味をご存じなんだわ、さすが――」

真穂はため息をつき、

「これで、朝一番に啓右衛門さんに届けて差し上げることができますね」

桂助は猪口のつるり菓子たまごが入る重箱を探して真穂に渡した。

この後、桂助は部屋へ戻って眠りについた。夢でまた、つるり菓子たまごを夢中で味わっていると、聞き覚えのある声が聞こえてきた。

「その味は海の向こうの美味《うま》さだ。世の中は海を越えれば、今、そこにいるのとは比べようもなく広い。口中の治療とても海の向こうでは、その味のように、ここでは想像もつかない研鑽《けんさん》が積まれ、進歩しているのだ。おまえはそれを知りたくないか？ そそるその味を舌にするようにその目で見たくないか？ そして、痛みと絶望に支配されている、口中に病を持つ者たちの闇ばかりの人生に光を射《さ》し込みたくはないか？ こうした患者を救うのがおまえの使命であり、信念ではないのか？」

「その通り。是非とも、そうしたい」

大声を出したところで桂助は朝の光の中で目を覚ましていた。

――聞き覚えのある声？　あれは自分の声だった――

夢の中で桂助は自問自答していたのだった。

他方、〈いしゃ・は・くち〉から長屋に帰り着いた鋼次は、美鈴がお佳を寝かしつけるのを待って帳面を繰り始めた。

「お勢《せい》さんの住んでるとこを調べてるのね。あんた、桂助先生には忘れたなんて言ってたけど、あれ、先生に深入りさせないための方便だったんじゃないの？」

美鈴の鋭い指摘に、

「つたく、おまえは何でもお見通しなんだなあ」

鋼次は苦笑した。

「あの婆さん、値切りのお勢なんて言われてたほど渋かったのに、突然、金に糸目はつけないから、最高の黒文字で使った房楊枝を作ってくれなんて言ってきたっけ。おまえも覚えてるだろう？」

「それまではうちのドロヤナギの房楊枝、一本おまけしないと絶対、買わなかったわよね」

「お勢さんは歯無しの元気な婆さんの一人だったけど、あんなこと言ってきたのはお勢さんだけだった」

「皆さん、歯無しになっても、土手嚙《どてが》みが達者で、たいていのものは食べられてる。言葉があんまりはっきりしないのも、互いに嫁の悪口なんて言い合ってる時は重宝してる。他の人に聞かれててもわかんないから、平気、平気って感じで、全然、苦にしてないし、かえって便利みたいよ」

「お勢さんはそんな長生き婆さんたちの頭《かしら》みたいだったのに、黒文字の房楊枝を作って渡したとたん、買いに来なくなっちまった——もう一年以上になるぜ」

「なのに、鋼さん、今になってお勢さんの長屋を調べて、どうしようと言うの？　まさか、先生を手助けしようなんて思ってんじゃないでしょうね。言っとくけど、鋼さんはもう、昔みたいな独り身じゃなくて、れっきとしたあたしという女房のほかにお佳っていう、娘もいるのよ、鋼さん一人の身体じゃない、これ、忘れないで」

美鈴は眦《まなじり》を上げた。

「わかってる、わかってるよ」

鋼次は珍しくむっつりと応え、

「そんならいいけど。さあ、休んで、明日も早いし」

言いすぎたと感じた美鈴は労《いたわ》るような口調になって、行燈《あんどん》の火を消そうとした。

するとと鋼次は、

「黒文字で思い出したぜ。うっかりしてた、そろそろ御大名様方の御登城の日だろ、梨本《なしもと》様のところの中間《ちゅうげん》が、お殿様の使う黒文字の房楊枝をまとめて取りにくる。何せあのお殿様は洒落者《しゃれもの》だからかなわねえ。だから、もう少し作っとかないとな。俺はこれからちょいと夜なべするから、おまえは先に寝な」

仕事場にしている土間へといそいそと下りた。

その実、鋼次は黒文字を削る極上の房楊枝など作る気は毛頭なかった。

──もとより、暗くて、たいして目の利かねえ、今時分にする仕事じゃあねえ──

しばらくの間、寝ている美鈴の方を窺っていると、お佳の寝息に混じって、美鈴の可愛い、小さな鼾《いびき》が聞こえてきた。

──そろそろいいな──

鋼次は湯で柔らかく煮て、陽《ひ》に当てて乾かしたドロヤナギの小枝を重ねて置いた。やや分厚く四角い板の上に、びっしりと等間隔に針の頭が突き出ている、房楊枝通しを取り出す。

これはドロヤナギを使った房楊枝を拵えるための道具であった。木槌《きづち》で軽く叩いた小枝の先が針の通り道を行き来しては、木の繊維が割れて房が出来上がっていく。ドロヤナギの房楊枝はこの方法で作られる。

一方、黒文字や肝木《かんぼく》等の上質な木を使う時は、こうした道具は使わず、木槌で一打ち、一打ち、まるで木の繊維と話をし続けるかのように、丁寧に房を拵えるのであった。

今の鋼次は無性に房楊枝通しでの仕事がしたかった。この仕事なら、深く気を遣わずに仕上げることができるから、別のことが考えられる。

――たしかに美鈴やお佳とは深い絆《きずな》で結ばれてるとは感じてる。けど、俺と桂さんとは昨日、今日のつきあいじゃゃねえんだ。いくら所帯を持ったからって、桂さんの身に起きていることに、俺が関わりがねえなんてこたぁねえんだ――

鋼次はしゅっしゅっと針の道が木の繊維を割る音を響かせながら、お勢が行方知れずになったことに思いを寄せていた。

――桂さんが千住って侍が気になってたように、俺だって突然、何の前触れもなくいなくなったお勢さんのことは案じてたんだ。でも、店を構えることになって、その上、お佳まで出来たもんだから、美鈴と二人で目が廻るような忙しさだった。それにしても、あの用心深いお勢さんに限って、持ち金を狙われて殺され、花散る寺の無縁塚に放りこまれてたなんてあり得ねえよな。だとすると、いったい、どういう理由《わけ》でお勢さんの骸は無縁塚行きになったんだろう？――

しゅっしゅっという音は止《や》まず、わざと軽い鼾をかいて寝たふりをしていた美鈴は、薄目を開けて、無心に手を動かしている亭主の姿を見ていた。

――思えば、この人、桂助先生と一緒に事件を追いかけたり、謎解きや下手人当てをした時のこと、そりゃあ、楽しそうに話してくれたわ。お佳を抱いてる時とはまた違う目の輝き――。今も、ああしている間にその時のことを思い出してるのかも? 男には、女にわかんないところがあるんだわね、きっと。ああ、でも、もう一年も前に姿を見せなくなったお勢さんのことだけは、理由を突き止めようなんて思ったりしないでほしい。相手はどんなものでも呑み込んでしまう、巨大な闇を味方にしてそうで、とても、悪い予感がする――

美鈴は風邪《かぜ》を引いているわけでもないのに首元と肩口がうっすらと寒くなった。

七

桂助はあの不思議で強烈な自問自答の夢の後、

――しかし、海の向こうを知らねばならぬこととは別に、今、この江戸でやらねばならぬこともある――

一連の事件の究明を一刻も早くとの思いが募った。

しばらくは何も起こらなかったが、彼岸近くのある日、桂助は千住品三郎の墓参をした。

真新しい品三郎の墓石には、すでに花が供えられ線香の束が紫色の煙をくゆらせていた。

　桂助は墓参を終えたその足で、千住家の当主市之助を訪ねた。

　桂助が千住家の菩提寺にまで墓参に赴いたことを告げると、

「それでは父上と入れ違いでしたね」

　市之助は言った。

「やはり――。花や線香が手向けられているのを見て、そうではないかと思っていました」

「品三郎の弔いの後、父上は物忘れが酷《ひど》くなり、毎日のように墓参し、どうしてもそうしてくれと言うので、根負けしてご先祖様や母上、品三郎の位牌《いはい》が入っている仏壇を隠居所に移しました」

「すぐ上のお兄様に品三郎様のことをお伝えになりましたか？」

　桂助は先に家を出た次兄を、品三郎が頼って訪ねていてもおかしくないと思っていた。その次兄に訊けば死の真相に近づけるかもしれない。

「文では伝えました」

　市之助は言葉少なかった。

「ここへご供養には？」

「来ていませんん。弟が死んだというのに文を返してきてもいないのです。いくら勘当の身でも、当主のそれがしからの文なのですから、返事ぐらい寄越《よこ》すべきでしょう?」

唇を真一文字に結んだ市之助の声が僅《わず》かに震えた。

「文を届けられるということは、居場所をご存じだということですね」

桂助の言葉に市之助は静かに俯いた。

「実は――」

桂助は花散る寺の無縁塚から出てきた何体もの骸の話をした。

「ここまでの数になると自然に亡くなったとはもはや思えず、花散る寺のご住職も知らぬとのことでした。たとえ毒死や病死であったとしても、亡くなられてからあまりに時が過ぎているので断じることはできません。しかし、これらの骸の様子が品三郎様のものと酷似しているのです。このような恐ろしい罪を犯した下手人を捕らえなければ、品三郎様を含む多くの人たちの魂が救われません。どうか、すぐ上のお兄様に会わせてください、お願いです」

「品三郎の仇を討ちたいという思いはそれがしたちも同じなのですが、けれども――」

市之助は額に汗を滲《にじ》ませつつ頭を抱えた。

すると突然、障子が開いて、

「寛次郎《かんじろう》は両国の湊座《みなとざ》だ」

父親の市左衛門が入ってきた。

この前会った時に比べて肩が落ちてげっそりと痩せてはいたが、宙を睨み付けている眼光は刃《やいば》のように鋭かった。

「父上、よろしいのですか？」

市之助はたじろいだ。

「千住家の恥、寛次郎のことは何人《なんぴと》に対しても他言無用とおっしゃり、寛次郎を勘当なさいましたが――」

「あれはもうよい。寛次郎が品三郎の仇の手がかりになるのならばそれでよいのだ。品三郎の敵討《かたきう》ちが叶い、他の者たちの魂を救うことにでもなれば、あっぱれ、立派とあやつをあの世で会った時、褒めてやることもできるゆえな――」

市左衛門はぎらぎらとよく光る目でふっと笑った。

「わしも敵討ちに加わりたい」

市左衛門が座り込むと、

「父上、品三郎の位牌は離れのお部屋ですよ」

市之助は人を呼んで父親を離れへと帰した。

「父上はこのところあのような様子なのです」

市之助の言葉に、

「以前にも増して、しっかりなさっておいでに見受けられましたが――」

桂助は早く、寛次郎について居場所を知りたかった。

「今のは多少辻褄《つじつま》の合う話しぶりでしたが、酷い時にはそれがしを寛次郎と思い込んで、品三郎が死んだのはおまえのせいだと、さんざん叱りつけたりするのです」

「ここにいる間、寛次郎様と品三郎様は不仲だったのですか？」

「血のつながらない母上が憐《あわ》れんだのか、とかく品三郎に甘かったせいで、年子の寛次郎は面白くないようでした」

「品三郎様は生前、お母様の苦労や部屋住みの身の不運を嘆き、寛次郎様も同様に思っているとおっしゃっていましたが――」

「それは末っ子の品三郎らしい、甘えた思い込みでしょう。寛次郎は品三郎以上に母上の生きている頃から、この家に自分の居場所がないと思っていたはずです。そうでなければ、あのような生業《なりわい》に身を投じるとはとても――」

市之助は言いかけて止めたが、

「寛次郎様は湊座で何をなさっているのです？」

桂助はすかさず追及した。

「松下華之丞《まつしたはなのじょう》」

市之助の声が落ちた。

「まさか――」

桂助が仰天したのは松下華之丞が今、市中で人気の女形《おやま》だったからである。涼しい目元の流し目が何とも色っぽいと評判であった。

「そうなのです」

「それでお父様は勘当なさったのですね」

「はい。いくら人気があっても、所詮、役者は河原乞食《かわらこじき》ですから。その上、女の形をして見世物になるとは、父上は到底、許すことなどできはしませんでした」

「それでも、あなたや品三郎様は松下華之丞となった寛次郎様の晴れ姿を観に行かれていたのでは？」

「それがしは父上の手前、芝居見物は控え、品三郎に頼んでいました」

「つまり、あなたは品三郎様を介して、寛次郎様との縁をつないでいたわけですね」

「不肖ではあっても弟ですから。それと、寛次郎がこの屋敷を出て行く時には母上もまだ元気だったのですが、松下華之丞になって、父上が激怒し、もう二度とこの屋敷の敷居を跨《また》ぐことはないとわかると、がくっと身体が弱りました。母上は自分と血のつながらない品三郎を、不憫に感じて愛《いと》おしんだだけで、決して寛次郎を疎《うと》んじていたわけではないのです。千住のこの家にもう少し余裕があれば、寛次郎もあそこまで僻《ひが》まず、遠縁の親戚に婿入りして事なきを得ていたかもしれません」

市之助はそこで話を締め括《くく》り、

「ありがとうございました」

桂助は礼を言って両国の湊座へと向かった。

芝居小屋はちょうど舞台がはねて、客が帰路についたところであった。

桂助が千住家よりの使いと称して、松下華之丞に会いたい旨を下足番に告げると、

「こちらへどうぞ」

脂粉の匂いが籠もった楽屋に通された。

「品三郎の弔いは滞りなく済んだんでしょう?」

松下華之丞である寛次郎は、繊細優美な女形の白塗りの顔とはやや不似合いな太い声を出した。

「ええ」

「だったら、何のご用です？　四十九日なんてあっても、行きやしませんよ。勘当されてこんな稼業じゃ、あちらにも迷惑ですしね。あたしも、ここにいりゃあ、一番人気の松下華之丞で通ってて、当世一の美形女形だの、女じゃなくても一度は寝てみたい相手だのって、やんややんやの喝采を博してます。けれど、このあたしのそこそこ贅沢《ぜいたく》な暮らしを支えてくれてる、ご贔屓《ひいき》筋の方々とのお集まりだけじゃなしに、その道のお大尽《だいじん》のお座敷に呼ばれたり、戯作者《げさくしゃ》と次の芝居の打ち合わせをしたりで、縁を切られた生家の親兄弟の生き死になんてことに、想いを巡らす暇もないほど、とにかく大忙しなんですよ。あなたね、お客様のお気持ち一つ、明日はどう変わるかわからない、飽きられたらお仕舞い。こんな吹けば飛ぶような稼業で、人気を保つって結構大変なことなんですよ」

「なるほど」

頷いた桂助は、

「口中の治療を受けて後、訪ねてきた品三郎さんにも、今のようなお話をなさってたのですか？」

間髪を容《い》れず訊いた。

「品三郎が母親が死んだと報《しら》せてきた時も、似たようなことを言って、通夜にも野辺送りにも行かなかったわ」

「お母様にはあまり想いがなかったのでは？」

「あらあら、そんなつまらない話、おおかた市之助兄さんから聞いたんでしょう？」

これ以上はないと思われる艶《つや》っぽい流し目を桂助めがけて投げつけ、

「もしかして、あなた、品三郎の歯抜きをして歯無しにしたっていう、歯抜きの名人先生なんじゃないの？」

真っ赤に縁取られたおちょぼ口でふふふと含み笑った。

——きっと品三郎様はこの人に、歯無しになったがゆえの苦しい胸中を打ち明けていたのだろう——

桂助はずしんと一つ、重い荷物を放り投げられたような気がした。

「おっしゃるように、わたしは湯島聖堂近くで、〈いしゃ・は・くち〉を開業している藤屋桂助です」

桂助が名乗ると、

「くわしい話をしてあげてもいいわよ」

相手は気を持たせてきた。

「あたしね、何でも、一芸に秀でてる名人っていうのが大好きなのよ。だから、歯抜き名人のあなたなら、話をしてもいいって思ったわけ。どうかしら？　今日は久々に一人になれるから、暮れ六ツ（午後六時頃）に神田は小柳町《こやなぎちょう》の辻新《つじしん》っていう一膳飯屋でなら会えるわ。この手の話、素面《しらふ》の上、こんな姿のままじゃ、話したくないのよね。あ、だけど、あたし、この姿じゃないから、あなた、気がつかないかもしれないわよ」

「わかりました」

こうして桂助はやっと、寛次郎から品三郎の話を聞けることになった。

第四話　檜屋敷

「お殿様ってぇのは、奉公人まで偉そうでいけねえ。都合がつかねえから、お屋敷まで届けろだってよ。仕様がねえ、ひとっ走り行ってくらあ」

鋼次《こうじ》は美鈴《みすず》にそう言い置いて神社の店先を離れた。安価なたいそうな籠《かご》は手にしているが、中には黒文字《くろもじ》の房楊枝《ふさようじ》など入っていない。ドロヤナギの房楊枝が何本か放り込まれているだけだった。

一

お勢《せい》が住んでいた梅吉《うめよし》長屋は浅草橋御門近くの福井町にあった。地主の名が梅吉なのではなく、見事な梅の木があって、花が見頃になると市中の人々が梅見に訪れるからである。

それが幸いしているのだろう、持ち主は多少の見栄も手伝ってか、雨漏りや畳替え等の手入れに余念がなかった。梅吉長屋は市中でも評判の小綺麗《こぎれい》で住み心地のいい長屋であり、借りることを望む者が多く、立ち退《の》く者は少なかった。

——お勢さんだってさ、離れがたかったはずだぜ——

鋼次は梅吉長屋の前に立った。

八ツ（午後二時頃）過ぎとあって、人の出入りはほとんどない。

——背中に赤子を背負って子守してるかみさんになら、話を聞けるとタカを括《くく》っていたが——

そのようなかみさんの姿はない。とかく思い通りにはならないものである。

そんなわけで、鋼次は一刻半《いっときはん》（約三時間）ほど木戸門の前を通り過ぎる人たちの後ろ姿ばかり見て過ごした。

「かんざしぃー、花あ、花あかんざしぃーっ」

大年増《おおどしま》の簪売《かんざしう》りが木戸門の前で立ち止まった。長い髪は一束に結わえただけで、背が高く、どっしりした身体《からだ》つきではあったが、多少は胸にも膨らみがあって、やや分厚い唇に塗られた真っ赤な紅以外、化粧らしきものはしていない。

市中の簪売りによって売られる簪は、錺《かざり》職人が銀等を用いて作る高価なものではなく、色の付いた紙と針金で拵《こしら》える幼い女の子向きのものであった。

「かんざしぃー、花あ、花あかんざしぃーっ」

白粉《おしろい》を塗らない肌は日焼けこそしているが、よくよく見ると顔立ちの悪くない簪売りは、さらに大声を張り上げながら木戸門から中へと入った。

——そうだ——

「ちょいと待ちなよ、姉さん」

鋼次は声をかけた。

「買ってくれるのかい？　ここはこのところ、売れ行きがよくなかったけど、今日はツキがあった」

相手はにやっと笑って立ち止まった。

「娘が居るんだ、買うよ。選んでくれ」

「そりゃ、ありがとうござい。あたし、おぶんていうんだ、どうか御贔屓《ごひいき》に」

さばさばと挨拶した簪売りは背負っている荷籠を下ろして、

「娘の年齢《とし》はいくつだい？」

「もう少しで十月《とつき》かな」

「そりゃ、あんた、無理だよ」

おぶんはぷっと吹き出した。

「父親が自分の娘に簪を買って悪いか？」

鋼次は少々むっとした。

「悪かないけど、いくら女の子でも十月じゃねえ、まだ可愛《かわい》くお乳にしがみついているだけだろ、おっかさんを見て化粧の真似事《まねごと》なんぞしやしないだろう？　五歳になりゃあ、どんな女の子も間違いなく鏡台の前に座る。そこそこ色気づくのさ。そうなった時、化粧はまだちょっと早すぎるけど、このくらいはいいだろうってことで、あたしみたいな者が売り歩く紙の簪を買ってくれるんだよ、ほら、こういうの――」

おぶんが背中から下ろした荷から取り出したのは、椿《つばき》、梅、桃、桜の四種が各々の頭につけられている簪だった。四種とも色と花の形がそれらしくしかし、おぶん独特の工夫がされてはいるが、紙で出来ていることは一目瞭然、針金の柄《え》と相俟《あいま》って、たしかに女児の遊び道具の一つであった。

「赤子じゃ、紙の花は口に入れちゃうし、ここいらは危ないしね」

おぶんは花簪の上下を持ち替えて見せた。

「買って五つになるまでしまっとくよ、その椿の簪、幾らだい？」

鋼次はおぶんが口にした銭を払って、

「その代わり、ちょいとここの話を聞かせてほしいんだ」

切り出した。

「あたしの話でいいんなら」

おぶんはつり銭を渡してきた。

「お勢って婆《ばあ》さんを知らないかい？」

「あのお勢さん」

おぶんの顔色が変わった。

「やっぱり、客だったんだ」

――とはいえ、黒文字の房楊枝を注文するほどのお勢さんが、綺麗だが安物の花簪を買って挿《さ》すだろうか？　そもそもあの年齢《とし》だし――

「お勢さんは娘さんに先立たれた後、残された孫娘と仕立物をしながら一緒に暮らしていたのよ」

「花簪はその孫娘のため？」

「そうそう、花が大好きな可愛い娘《こ》だったよ」

「だった？」

「お勢さんの孫娘は去年、疱瘡《ほうそう》が因《もと》で死んだのさ。以来、お勢さん、すっかり元気をなくしちまってさ。生き甲斐《がい》が無い、死にたいっていつも愚痴ってて、そのうち、誰も話しかけなくなった。だって、そんな話、誰も聞きたくないじゃない？　そうじゃなくたって、みんな暮らしにそこそこ詰まってんだからさ。それでもあたしは聞いてあげたよ」

「おおかた、供養にって勧めて、花簪を買ってもらってたんだろ？」

「そりゃそうよ、こっちだって暮らしがかかってる。ここにあたしが顔を出すたびに、お勢さん、〝孫の喜ぶ顔を思い出す〟って言って、ずっと買い続けてくれたんだよ。いくら花簪が安いからって、お腹《なか》の足しにはなんないのにさ」

おぶんの声が湿った。

「話は変わるけど、お勢さんは歯無しで悩んでたなんてことはねえよな」

「孫娘が生きてた頃はお勢さん、そりゃあ、達者で、〝イカ、タコは歯無しには縁が無いって言われるけど、あたしの土手は噛《か》み切れるほど丈夫なんだよ〟なんて言ってた。孫娘が死んだ後は、いつも、〝死にたい、死にたい〟だったけど、いつだったか、がらっとまた前みたいなお勢さんに戻って〝イカ、タコ噛みしかできないあたしでも、他人様《ひとさま》の病のお役に立つことができるんだって。あの世で娘や孫娘に会ったら自慢しなきゃ〟って、とっても明るかった。でもその後なんだよね、お勢さんのいなくなっちゃったのは――」

――そういえば、お勢さんがドロヤナギの房楊枝を買いに来なかった時がしばらくあったな。どうせ、一本しかおまけを付けない、うちじゃ気に入らず、二本以上付けるところで買ってるんだろうと思ってたけど、房楊枝を買いに出る元気が出ないほど落ち込んでたんだ。その後、買いにきたのは、何とか孫娘が死んだ悲しみを、乗り越えられたからなんだと思いたい。けど、どうして分不相応の黒文字の房楊枝を注文して手に入れた後、いなくなっちまったんだ？――

「あんた、もしかして、お勢さんの居所、知ってるんじゃない？」

鋼次はおぶんに見据えられた。

――さっき、お勢さんの名を出したら顔色を変えたっけ。あん時の目と一緒だ。こういう時こそ、上手《うま》く惚《とぼ》けないと――

「あ、俺、鋼次ってえしがない房楊枝職人なんだけどさ」

お勢が注文した黒文字の極上房楊枝の代金を払わず仕舞いで行方知れずになって、困り果てているのだと続けた。

「一年も前の踏み倒しを取り立てにここまで？」

おぶんは不審そうに言い、

――いっけねえ――

一瞬、焦った鋼次だったが、

「このところ、俺もいろいろ楽しくやってて――」

小指を立てて見せて、

「たまには金を握らせて、芝居見物でもさせないとうるさくてさ」

苦い顔を作った。

——こうなったら、こっちも——

「そっちこそ、ここへはよく来るのかい？　客はお勢さんだけじゃなかったんだね？」

「その通りよ。だから、ここは思い出した時に通るだけ。律儀に買い続けてくれたお勢さんのこと、時々、なつかしくてたまんなくなるのよね。おっかさんみたいで——。あたし、捨て子だったもんだから——」

おぶんは、しばししんみりして洟《はな》を啜《すす》った後、花簪が詰まった荷を背中に戻すと、

「さっきのあんたの話だけど、男も遊びも楽じゃないね」

ははははと豪快に笑い、

「でも、ま、楽しめるのも生きてるうちだけなんだから、せいぜい励みなさいよ」

すたすたと歩き出した。

その後ろ姿を見ていた鋼次は、

——さんざん買わせて旨《うま》い汁吸ってたのに、おっかさんみたいねえ——。すこーし、こりゃあ、人情話が出来すぎてやしねえか——

知らず知らず、足が前に出ておぶんの後を尾行《つ》け始めていた。暮れ六ツ近くで、辺りは闇に包まれてきている。

その頃、桂助《けいすけ》は小柳町の辻新《つじしん》で松下華之丞《まつしたはなのじょう》こと千住寛次郎《せんじゅかんじろう》の横に座り、

「すみません、酒は飲まないのです」

盃《さかずき》を伏せて、茶を啜っていた。

「つまんない男だわね」

見方によっては、桂助が話している相手は松下華之丞でも、おそらく姿は目にしたことはないが千住寛次郎でもなく、片目の刀傷が凄《すご》みを増させている与太者であった。

「時々、女形《おやま》だけやってんのがつまんなくなるのよね、だから、舞台やお客さん相手の御座敷とかじゃない時は、こうやって遊んでみてんのよ、悪くないでしょ？」

「店に入った時、やたら目立つ男がいるのには気がつきましたが、話しかけてくれなければあなたとはわかりませんでした。何とも――」

桂助はうっかり、化けるのが上手いと続けそうになって止めた。

二

「あたしの方から話しかけたんで、すぐに声や言葉つきでわかったでしょ？　形《なり》や仕《し》

種《ぐさ》だけじゃなく、言葉まで与太者風にしちゃ、舞台で芝居する時と同じで肩が凝っちゃって生き抜きになんないからね」

寛次郎はやはりまたふふふと笑った。

「品三郎《しなさぶろう》様への想《おも》いを話していただけませんか？」

桂助は本題に入った。

「そうか、そうだったわね。でも、それ何のため？　まさか千住の家の頑固な父上、市之助《いちのすけ》兄上、とっくの昔に死んだ実の子より継子《ままこ》の方を可愛がった、とんちきな母上の生きてればの心情を推し量ってのことじゃないわよね」

「それも多少はありますが、わたし自身の品三郎様への思い入れです」

「治療とはいえ歯無しにしたから、品三郎が世をはかなんだんだろうって？」

「品三郎様が自害された可能性はほとんどありません。おそらく、まだ世に知られていない毒が用いられた毒死だと思います」

桂助は花散る寺の無縁塚から出た八体の骸について、品三郎のものとの類似性を指摘した。

「流行病《はやりやまい》なら一度に何人も同じ様子で死ぬんじゃない？」

「一時の流行病による死と見做《みな》すには、一部が骨になってしまっている骸から、品三郎様のものまで、各々の間に時が経《た》ちすぎています」

「流行病じゃなくても、運が悪いと罹《かか》る病はきっとあるわよ」

寛次郎は桂助を試すような目色になった。

――この男は元武士の役者だというのに医学にくわしい――

桂助が思わず目を瞠《みは》ると、相手は察したかのように、

「あたしね、実は千住の家の部屋住みの頃、一時、医者になろうって思ったことがあんのよ。でも、医家に弟子入りしての修業という滅私奉公じゃ、てっとり早くお金になんないじゃない？」

辻褄《つじつま》の合う応えを繰り出すと、

「あたし、とんちき母上に顔がそっくりなのよ。母上ときたら、自分がどんだけ器量好《よ》しだか、わかってなかった馬鹿女。狙えば千代田のお城の御腹様《おはらさま》にだってなれたかもしんないほどだったというのに、よりによって、貧乏旗本の千住の家なんかに嫁いできたのよ。だからやっぱりとんちきだけど、この人気者の顔だけは、十月十日《とつきとおか》お腹に入れてくれてて、似せて貰《もら》えてよかったと思ってる、そうでしょ？」

つるりと自分の顔を撫《な》でて話を変えた。

「品三郎様の骸を泥にまみれた筵《むしろ》で簀巻《すま》きにして運んだ人と馬がツクヒで死んでいま

す」

桂助は話を戻した。

「だったら、品三郎も罹って死んだんじゃないの？　ツクヒって、土から伝染《うつ》るんでしょ？　あれ、ぶるぶる震えるっていうから、舌を噛んでたとか、骨が折れてたとかの証《あかし》は品三郎の骸に残ってなかった？」

──くわしすぎる──

桂助は疑念を悟られないように俯《うつむ》いて、

「骨は折れていませんでした。口中の方は品三郎様が歯無しなので証は出てきません」

事実だけを伝えた。

すると寛次郎は、

「こういう筋書きはどう？　志のある貧乏医者がツクヒかどうかまではわからないけど、難病に罹った身寄りのない人たちを診《み》ていた。けれども、手当ての甲斐《かい》なく死んだ後は、骸の始末に困って、花散る寺の無縁塚に葬り続けた。患者の一人だった品三郎が死んだ時はもう、そこが手狭になってたんで、別の場所へと運んで始末しようとした──」

得意げに話した。

「弔いのための金子《きんす》に窮して無縁塚に葬っていたのだとしたら、人と馬を雇ってまで、品三郎様の骸を品川宿に運ぶことはあり得ません」

桂助はさらりと反撃した。

「さすがね、先生。歯抜き名人だけあるわ。歯抜きとこの手の推量は関わりがないようで、きっとあるのよ。似てないようでほんとは似てる。どっちも、えいっやっの思いきりで決める。うじうじ迷ってたりしたら駄目」

寛次郎は感心して両手を叩《たた》くと、

「最後に先生が訊《き》きたがってた話をしてあげる。あたしと品三郎のこと。こっちの方が血を分けた実の子なのに、母上に差別されてるって、あたし、ずっと思ってたわ。品三郎なんて死ねばいいって思ったこともある、でも、それは子どもの頃のこと。あの若さで歯無しになった品三郎を見ると、さすがにもう、ざまあみろとは思わなかったわ。あたしの隠れ家みたいなここへ連れてきて、一緒に飲んだけど酔えなかった。〝いいね、兄上は。日々、好きなことができるだけじゃなしに、それで名が売れて、糧《かて》にもなって、何より誰からも好かれてて。俺とはすっかり逆だ〟っていうのが、あたしが耳にした品三郎の最後の言葉だった。〝そんなこと言ってくれたって、こっちは所詮、河原乞食《かわらこじき》よ〟って返すのがやっとだった。誰からも好かれてって言った時、品三郎泣いてた。母上以外の女に好かれることは金輪際なさそうだって、その涙は訴えてたわ、正直、堪《たま》らなかった。だから、ここで別れてからは、品三郎のこと、なるべく考えないようにしてたのよ。今じゃ、多少後悔してる」

しみじみと弟への想いを語ると、

「おやっさん、あれ頼むわ、あれ、あれ、辻新の隠れ十八番《おはこ》」

板前を兼ねている店主に声を掛けた。


この頃、鋼次はおぶんの後を尾行《つけ》て小柳町まで来ていた。

おぶんは辻新と染め抜かれた暖簾《のれん》の前まで来ると、勝手口へと暗がりを小走りに走った。

幸い隣りが今のところ、空き家で人気《ひとけ》がなかったので、鋼次は隣りの家の裏庭に入り、そこから辻新の勝手口を窺《うかが》うことができた。月夜も鋼次に味方している。鋼次はカラタチの垣根の前を這《は》うように移動して蹲《うずくま》った。

――ここなら悟られずに声が聞ける――

「はよせんといかんぞ」

勝手口から出てきた男がおぶんに言った。

「今選んでるけぇ、急《せ》いても品が揃《そろ》わん」

「そいでも、はよせんといかん」

「それより、ふく揃っちょらん？」

「しっ」

男の声がぴしりと窘《たしな》めたが、

「ふく、ふく、ふく――品、品、品、ふくはあっても、品が揃わんけぇ、はよせえいうのは無理、無理」

おぶんは唄うように繰り返した。

やがて二人は互いに背中を見せて踵《きびす》を返した。

聞いていた鋼次は、

――商いのやりとりをしてるんだろうけど、よくわかんねえ、ふくって何？　福寿《ふくじゅ》草《そう》の花簪のこと？　品はそれ以外の花簪？　だけど、一膳飯屋でどうして花簪が売れるんだろう？――

皆目見当がつかなかった。

はっきりとわかったのは、怪しいと睨《にら》んだおぶんと辻新の店主と思われる男の不可解なやりとりだけであった。

——よし、もう一頑張り——

鋼次は、なおも辻新の裏手から出て、歩き始めたおぶんを追おうとした。

するとどうだろう。

——ええっ？——

辻新の暖簾を撥《は》ね除《の》けて、見慣れぬ与太者風の男に肩を貸して支えている桂助が出てきた。

「大丈夫、歩けるわよ、一人で帰れるってば」

与太者には似合わぬ女言葉が鋼次の耳を掠《かす》めた。

「いいえ、駄目です。店の隠れ十八番とやらを食べたら急に手足が痺《しび》れてきたでしょう？　五臓六腑《ごぞうろっぷ》から来るこの痺れは心配です。そのうちに口がきけなくなったりしたら大変です。お送りするのでなければ、わたしのところでお休みいただきます」

「先生の家に？　泊めてくれるの？　いいわね、わーい、連れてってちょうだい」

男は無邪気にうれしそうだった。まだ口は達者である。

——いったい、こんなおかしな男と桂さん、どういう関わりなんだ？　おおかた事件を調べてて知り合ったんだろうけど、ここまで親しくなることもないのに——

鋼次は半ば呆《あき》れ、腹が立ってきていたが、

――桂さんの方こそ、よほど心配だよ――

おぶんをこれ以上尾行ることを断念して、桂助とおかしな男が無事、〈いしゃ・は・くち〉に帰るのを見届けることに決めた。

桂助とその連れを出迎えた真穂《まほ》は、

「行き倒れの患者さんですか。今すぐ、その方に横になっていただかなければ。すぐに奥の部屋に床を取ります」

早速、奥の部屋の自分の物を片付けようとした。

「奥ではなく、ここでしばらく診ていなければなりません。夜具はここにお願いします」

「わかりました」

こうして桂助はさっきまでの破天荒な陽気な物言いから一転、震えつつぐったりしている与太者風の寛次郎を治療処に寝かせ、その枕元に座った。案じた通り、口はきけなくなっている様子である。

「ったく、気が知れないったらない」

鋼次も二人の後に続いて治療処に入り、桂助と隣り合って座り、おかしな男のそばにいた。

──さっきまではぴんぴんしてやがったしな──

鋼次は男の様子が激変したのが腑に落ちない。

──新手《あらて》の押し込みってこともあるしな、けど桂さんとこは蔵に千両箱が眠ってるってわけでもなし──、考えられるのは桂さんが調べてる筋でこれ以上、突っこまれたくない奴《やつ》らが桂さんの口を封じようとして──

鋼次の心配は尽きなかった。

その危惧を鋼次から聞き、それで見かけたところを尾行てきていたと知った桂助は、

「心配してくれたのはうれしいですが、この方は嘘《うそ》、偽りなく突然の病です。ですから早く、美鈴さんとお佳《よし》ちゃんの待つ長屋に帰ってください。こちらはこちらで心配なのですよ」

困惑気味に諭《さと》したが、

「連れ込んだ相手の面構えが見るからに与太者なんじゃや、たとえ相手が桂さんでも、いいや、大事な桂さんだからこそ、言うことは聞けねえよ。事情を話せば、美鈴だって一晩くらい家を空けても分かってくれるさ」

相手は頑としてその場を動かなかった。

三

「寒気がおありなのかも――」

真穂が与太者の風を装っている寛次郎に夜着を重ねかけて、

「まあ、この方」

驚きつつ頬を染めて、

「もしかして松下華之丞?」

首を傾《かし》げつつ呟《つぶや》いた。

「嘘だろ、松下華之丞なら女形だぜ、いくら舞台に立ってねえ時だって、こんな形《なり》しねえだろ?」

鋼次は勢いよく首を横に振った。

「よくわかりましたね」

桂助は微笑《ほほえ》み、

「上川屋の御隠居様が芝居好きであたしもよくお伴《とも》してるんです。御隠居様はこれぞと芸を認めた役者を特別に贔屓なさるんです。といっても、色恋絡みの下心はありません。ごく短い間、芝居小屋を借り切って、普段の舞台にはかからない演目を演《や》らせて、芸の幅を広げさせようとするんです。女形ってことになってる松下華之丞に、鶴《つる》屋《や》南北《なんぼく》の作のお家騒動もので無頼漢の悪役を演じさせたり――。今、ここにいる松下華之丞、その時の太平次《たへいじ》にそっくりですもの」

真穂は淀《よど》みなく語った。

すると、華之丞が震える両手で、筆と紙が欲しいということを仕種でどうにか伝えた。

「はい、はい」

真穂が叶《かな》えてやると、

〝ありがとうございます〟

華之丞は何とか読める震えの出ている字を連ねた。

〝あんた、可愛いね〟

真穂は真っ赤になった。

「華之丞さん」

桂助はやや叱りつける口調になって、

「唇と舌が痺《しび》れていることはわかっています。まさかとは思いますが辻新の隠れ十八番が何だったのか、教えてください。さもないとこのまま痺れが心の臓に来て死にます」

きっぱりと言い切った。

〝ふぐのひゃくひろ〟

華之丞の字の震えはさらに酷《ひど》くなった。

「大変だ」

鋼次は叫んだが、桂助はすぐに寛次郎の上に掛かっていた夜着を取り除《の》け、立ち上がって、寛次郎の身体を逆さに引っ張り上げると、

「鋼さん、背中を強く叩いて胃の腑の中身を吐き出させてください」

「わかった、よしっ」

鋼次は言われたとおりに固めた拳を使った。華之丞はげえげえと吐き始め、真穂は素早く金盥《かなだらい》を差し出して吐瀉物《としゃぶつ》を受けた。

「これたぶん、全部じゃないわ」

真穂は華之丞の横に屈《かが》み込むと、ぐいと口を押し開け、小さな右手を口中に納めて喉を探った。

「ありました」

ひゃくひろ、ふぐの腸《はらわた》と思われる切れ端が真穂の指に摘《つ》まれて、二、三切れ出てきた。

ちなみにひゃくひろは百壽と書き、百も壽《ひろ》も長いという意味で、人の長寿や生きものの腸を示す言葉でもあった。

「それで手足や喉が痺れたのでしょう。真穂さん、お手柄です」

桂助が感心すると、

「仕事柄です」

謙遜《けんそん》した真穂は手を洗いに行った。

この後、桂助は、

「鼻腔《びこう》の清めが大事です、少しでもフグ毒が残っているといけませんから」

寝かせた華之丞の後頭部を枕につけたまま、水が戻ってこないよう、顔を横にして、各々の鼻の穴に交互に、吸い飲みを使って水を流し込んでいく。

「決して飲み込まないで口から出して」

戻って来た真穂がまた金盥を手にして受け続けた。

鼻腔の清めが終わったところで、口中を嗽《ゆす》がせて丹念に清めさせ、手当ての一区切りがついた。

「それでも、身体の中にフグ毒はまだ残っているでしょうから」

桂助はドクダミを主として、カミツレ等と、漢方の解毒処方を混合させた煎じ薬を作って寛次郎に与えた。

翌日、こうして一命を取り留めた華之丞は、普段の饒舌《じょうぜつ》ぶりを取り戻し、

「いつもはこんなじゃなかったのよ、ひゃくひろをやると、酒の酔い加減がそりゃあ、いい按配《あんばい》になってきて、浦島太郎が見たっていう、竜宮城や乙姫さん、羽衣を纏《まと》った天女なんかが見えてきて、すっかり、楽しませてもらってたの。あれがあったから、あの店に通ってたのかもしれない。危ない魚のふぐ、しかもひゃくひろだっていうのも、正直面白かったのよね。こんな目に遭ってみると、もう二度とご免だけど」

ひゃくひろ食いについて話した。

鋼次は、店主らしき男と花簪売りのおぶんとの間に交わされていたやりとりを、

「耳だけ金五《きんご》になったつもりでここに入れてる」

自分の額を人差し指でこつこつと叩きつつ桂助たちに伝えると、

「ふくっていうのはふぐのこと。〝せんと〟は〝しないと〟で、〝けぇ〟は〝だから〟で、〝ちょらん〟は〝でしょうか〟、みんな長州訛《ちょうしゅうなま》りよ。あの店主ときたら、ふくと言ってから必ずふぐと言い直してたわ。あの人も長州者なのでしょう」

華之丞が真っ先に応えた。

「辻新で三十歳を過ぎた花簪売りを見かけたことはありませんか？」

桂助が訊くと、

「いい女かしら？」

華之丞は真顔で、

「まさか。但《ただ》し、売ってる可愛い花簪に似合わず、柄はやけにデカかったな」

鋼次は椿の花が頭についている花簪を懐から出して、苦笑いした。

「それじゃ、覚えてないわ」

華之丞はあっさりと言ってのけた。

「話の様子では、花簪売りと店主は売り買いをしていたようですが――ふくはふぐとしても、品というのが気になります」

桂助は首をかしげ、

「揃わないって言ってたから、金じゃないかな。それより、どうして花簪売りが金を揃えなきゃなんなくて、危ないふぐがいくらでもあるようなんだったのが、わかんねえんだよな。モノは沢山あると安くなっちまうもんだろ。初鰹《はつがつお》なんてそうだよな」

鋼次はやりとりの矛盾を指摘したが、

華之丞はこほんと一つ咳払《せきばら》いして、

「辻新の店主は苦味走ったそこそこいい男なんで、弾みで情を交わした大女の深情けに辟易《へきえき》しつつ、利用してたんじゃないかと思うわ。まるで流行《はや》ってない店なんだから、店主は金に苦労してたはず。売れるものは、もう、一つしかなかったんじゃないかと——」

「それは——」

まことしやかな自分流の話に転じたので、

——こいつ、こんな時に——

鋼次は真底腹が立って眉根を寄せたが、

——まあまあ、鋼さん、ここは穏やかに——

桂助の目が宥《なだ》め、

「まあ、お芝居みたいなお話」

興味津々《しんしん》で微笑みかけた真穂はあわてて、俯いてしまった。

それから何日かが過ぎて、

「先生、先生」

〈いしゃ・は・くち〉にまた早朝、金五が飛び込んできた。

「おや、鋼さんまで？」

金五の後ろに鋼次が控えている。

「もう乗りかかった船だからね、最後まで乗せてもらうぜ。花簪売りと辻新の主《あるじ》は俺が見つけた怪しい奴なんだし」

鋼次はやや力んだ口調で告げ、

「待ち伏せされてると、おいら、逃げられないんだよね。それと子どもん時からずーっと兄貴って呼んできて、それなりの恩もあるし――。家族のいる兄貴を巻き込みたくないって、先生の胸の裡《うち》、知ってるのに、すいません」

金五は神妙な顔で頭《こうべ》を垂れた。

「何かあったのですか？」

「華之丞の一件があってから、行方が分からなかった辻新の主が骸で見つかったんだとよ」

鋼次が言った。

華之丞を故意にせよ、不注意にせよ、フグ毒で殺害しようとしたとして、辻新の主新吉《しんきち》は市中手配になっていた。花簪売りのおぶんも共謀の疑いありと見做《みな》されて、同様の人相書が配られている。

ただし、新吉もおぶんも生まれや素性はおろか、住んでいた場所さえわからず、探し当てるのは、まるで雲を摑《つか》むような話で、行方はようとしてしれなかった。

「どこでです？」

桂助の問いに、

「往来で死んでるところを今朝、通りかかった棒手振《ぼてふ》りの青物屋が見つけたんだそう――」

金五が応えた。

「骸は今、どこに？」

「番屋《ばんや》に運んである。友田《ともだ》の旦那が番屋で先生を待ってる」

「わかりました」

桂助は急いで身支度すると、金五と鋼次と共に番屋へと向かった。

「遅い、待っておったぞ」

待ちかねていた友田だったが、鋼次の顔を見ると、

「余計なおまけも一緒か」

露骨に顔を顰《しか》めた。

そもそも鋼次と友田はなぜかそりが合わない。

「余計なおまけもたまには役に立つかもしんねぇよ」

──友田みてぇな独り身じゃねぇ俺には、女房子どもがいる。友田の子どもじみた嫌がらせなんて、今の俺にはどこ吹く風だぜ──

余裕の鋼次はにやりと笑って、聞いた花簪売りと店主のやりとりを話した。

「店主の言葉は二言、三言しか聞いちゃいねえが、花簪売りの大年増によくよく話を聞いたのは、この俺一人なんだよ」

四

桂助は手を合わせてから筵をめくった。

「辻新の主の骸は、亡くなってからそう時が経っていません。千住様に似て包丁よりも重い刀で鍛錬を重ねてきた肩や腕です。辻新の主というのは仮の姿で本当は武士だったのではないかと思います。手足の爪に土が詰まっているのは、千住様たちと同じです。銀の匙《さじ》で口中を診ましたが、黒変はせず、石見銀山鼠捕《いわみぎんざんねずみと》りによる毒死ではありませんが、致死を招く毒は石見銀山だけではありません」

桂助は意見を述べ、

「真っ裸であることも千住とやらや先の骸たちと同じだが、殴り蹴りされた痕が背中や肩口、腹にある。こいつは前の連中とは違うぞ」

友田は骸の胴体を、目を皿のようにして見ていた。

「痣《あざ》になっているので生きているうちに殴る蹴るされたのでしょう。申し忘れましたが、片脚の骨も折れています。主は捕らえられる際、抵抗して、殴り蹴りされ、土に埋められるまで手足を縛られていたはずです」

桂助は手足に付いた縄の痕を示した。

「ってえことは、この人、首から上だけ出して土の中に埋められて殺されたってこと？」

金五の言葉に、

「そういうことになります」

桂助は首を縦に振ったが、

「でもさ、首から上だけ出させてもらってりゃ、息が詰まって死ぬなんてことないんじゃない？」

金五は首を傾げた。

すぐにその疑問には応えずに、

「この顔を見てください」

桂助は皆の視線を新吉に集めた。

「何だか、やけに口の辺りから突っ張ってねえかい？　骸の顔って重い病で苦しんで死んでも、野辺送りの時には穏やかになってるって聞いてる」

鋼次が指摘した。

「骸は亡くなってほどなく硬くなり、しばらくして元に戻ります。他の部分は硬直が解けているのに、たしかに顔だけは戻っていませんね。鋼さん、思い当たるでしょう？」

桂助が水を向けると、

「そうだ、そうだ、あいつだ。寛《かん》――」

続けかけて止《や》めたのは桂助の目に制されたからであった。

――迷惑がかかっては申し訳ないです――

――そうだな、相手は松下華之丞、人気商売だもんな。お上の詮索《せんさく》は嫌だろう――

「これとよく似た顔の突っ張りを見たことがあった。ちょうど桂さんも一緒で命を取り留めたっけ」

鋼次はさらりと言い直し、

「気を持たせるな、顔が突っ張る理由はいったい何なのだ？」

友田の荒々しい声で急《せ》かされて、

「フグ毒です」

桂助は応えた。

「鉄砲――」

友田の血の気が一瞬だが顔から引いた。

上方《かみがた》ではふぐ食いは鉄砲と呼ばれている。鉄砲に当たるのと同じで、悶絶《もんぜつ》死する者の数は結構なものであった。

「あんなもん、食う奴の気がしれない」

実は恐《こわ》がりの友田はふぐは生涯食うまいと決めていて、上方流に鉄砲と呼び、一膳飯屋で知らない煮魚が出ると、

「鉄砲ではあるまいな」

必ず念を押すほどであった。

ふぐを食してはならないという禁止令は市中にもあったが、禁を犯す者は後を絶たなかった。ふぐの白身は鯛《たい》と双璧で淡泊にして味が深くたいそう美味だったからであ

る。

　しかも、毒魚とされているので鰯《いわし》や鯵《あじ》等の下魚《げざかな》よりもさらに安値であった。漁師に知り合いがいると、網にかかってしまったふぐをおまけでくれることさえある。

　——正直、毒にやられなかった者たちが、美味《うま》い、美味いと騒ぎ立てていると、一度ぐらいはとそそられることは確かだが、いかん、いかん、くわばら、くわばら、ふぐは怖い——

　これが友田の偽らざるふぐへの想いであった。

「辻新の主は土に埋められるのを嫌がって暴れたのだから、首だけ出したまま食するのが、ふぐ料理の真髄だったとはとても思えん。これらはいったい何だったんだ？どこぞの馬鹿がふぐを神に祭り上げようとしたのだろうか？」

　友田は鼻息荒く目を大きく見開き、

「殺された人たちは生け贄《にえ》ってことかぁ？」

　金五は多少同調した。

「古くはふぐにあれほどの毒があるとはわからず、何人もの人たちが食して亡くなっていったでしょう。古くからのフグ毒対処法は、患者の首から下を土に埋めて絶対安静に保つだけでした。毒の回りを遅くすることしか、フグ毒での死を免れる方法はなかったのです」

「それじゃあ、フグ毒による瀕死《ひんし》の患者が次々に出て、これらを診ていた医者が治療のために首から下を土中に埋めていたというのか？」

友田の言葉に、

「ふぐ食いは限られた富裕な旦那衆たちが、ふぐの扱いに慣れた、知る人ぞ知る料理屋で密《ひそ》かに楽しむか、賭け事好きな命知らずのあらくれ男たちがふぐ鍋を用意して、自分が死ぬか、相手が死ぬかの荒っぽい遊びで食されます。花散る寺の無縁塚から出たきた骸は、圧倒的に若い女子《おなご》が多かったのです。この娘さんたちがふぐ食いに惹《ひ》かれていたとはとても思えません」

桂助は異議を唱えた。

「それでは、なにゆえ、辻新の主も含めて十人もの者が首だけ出して土中に埋められ、死んで捨てられていたのか、また、振り出しに戻ってしまったではないか」

友田は怒声を上げた。

「それはおそらく、辻新を調べればわかってくるはずです」

「間違いあるまいな」

「はい」

こうして友田、金五、桂助、鋼次の四人が番屋を出て辻新へと向かいかけていると、

「鋼次さーん、よろず口中道具の旦那さーん」

少年が追いかけてきた。

「赤ん坊の具合が悪いんだって。熱があるみたいだって。お内儀《かみ》さんがすぐに帰ってきてほしいって」

「鋼さん、すぐに行ってください」

桂助は鋼次を促した。

「でもさ、俺、手配されてる花簪売りのおぶんのことが気になってならねえんだ。辻新にはきっとおぶんを見つける手掛かりがあるんじゃねえかと――」

「鋼さんの調べは無駄にしません。くわしく友田様たちにもお話しします。わたしを信じてください」

「もちろん、信じてるよ、じゃ、頼む」

鋼次は後ろ髪を引かれつつ帰っていった。

「所帯持ちは役に立たんな」

早速毒のある言葉を口にした友田に、

「旦那、そんなこと言ってると、そのうちふぐの毒に中《あた》らなくても、歯草《はくさ》の毒で口が

腐っちまうよ」

金五は兄貴分の代わりとばかりに逆襲した。

辻新の油障子を引いて中へと入った。手狭な料理屋ではあったが、厨《くりや》の俎板《まないた》や包丁、皿小鉢はきちんと片付けられている。

「青菜とか、客のために仕入れたものがまるでない。新吉は逃げるつもりだったのかもね、だったとしたら、もう処分済みだよ」

金五が探す意欲を失《な》くしかけると、

「今時の若い奴はこれだから困る」

友田は金五に手伝わせて小上がりの畳を上げたが、ここにも隠しているものは何もなかった。

桂助は押し入れの前に立った。

「そんなところ、とっくの昔に新吉を殺した奴が調べておるぞ」

友田は鼻で笑った。

たしかに押し入れに置かれている行李《こうり》の中は荒らされている。新吉のものと思われる褌《ふんどし》や前垂れ、財布、煙管《キセル》等が行李の横に落ちている。

——物を隠すのに一番適したやり方は——

桂助は畳んでしまわれている布団と、座敷の隅に積まれている客用の座布団をじっと見据えた。座布団の一つを手にして皮の布の上から掌《て》で触ってみた。綿とは異なる、滑る感触があった。

――これだ――

「金五さん、鋏《はさみ》と包丁を厨から持ってきてください」

桂助は布団と座布団を切り裂き、新吉が記していたと思われる書き付けの数々を見つけることができた。それらは文というよりも、破かれて別個に隠されたフグ毒の研究日記であった。以下のようなものである。

一、ふぐの種類と部位による毒の強さ

フグ毒は食べた者がほとんど死に至る猛毒、たいてい死亡する強毒、よほど多く摂取しないと死ぬことのない弱毒にわかれる。部位で考えると、真子《まこ》（卵巣）もキモ（肝臓）も共に猛毒な種類はクサフグ、コモンフグ、ヒガンフグ、マフグ。白子（精巣）が強毒なのはコモンフグ、弱毒はクサフグとヒガンフグである。クサフグ、コモンフグ、ヒガンフグ、マフグ、メフグ、アカメフグは皮も強毒である。ひゃくひろ（腸）での猛毒はクサフグのみ、コモンフグ、ヒガンフグ、マフグ、メフグは強毒である。

一、毒の個体差、時期差

ふぐには南のふぐは毒性が強い等、生育場所の違いなどによる、毒の強さに個体差があり、また、ショウサイフグといわれる産卵前のふぐの真子の毒は、他の時期とは比べようもないほど強い。

五

「おいら、ふぐにこんなに沢山種類があるなんて知らなかったよ。それに腸にこんなに毒があって、それもふぐの種類によって毒の強さが違う、その上、時期によっても変わるなんて――」

興味津々の金五はへえと感心して、

「こんなに怖いふぐなのに食べる人は後を絶たなくて、死ぬ人も結構いるでしょ。気がしれないよね」

桂助に相づちをもとめた。

「ふぐの毒はその内臓と、一部の種類では皮の部分に集中しているからです。ドクサバフグ以外は独特の弾力があり、鯛をも凌《しの》ぐ美味《うま》さだと惚《ほ》れ込む人がいる白身の部分に毒はないのです」

　桂助が応えると、

「では、どうして死ぬ奴がいるのだ？　毎年、釣り上げたふぐを煮付けるなどして食して死ぬ馬鹿者も多いが、時折、料理屋でもフグ毒で客を死なせているぞ。たいていの者はふぐの腸には毒、時に猛毒があると知っているはずなのに――」

「その手の不始末は、ついうっかり包丁がふぐの内臓を傷つけてしまい、毒が身に移って起きてしまうのではないかと思います。それと、時期や獲れる場所、つまり一尾一尾によって毒性に強弱の差があり、この前食べた時大丈夫だったから今度も平気だろうという安直さ、それと隣り合わせの肝試し的な面白がりようもあるのでしょう」

　桂助は松下華之丞のひゃくひろ食いを思い出していた。

　――寛次郎さん、酒だけでは味わえない、何とも堪らない酩酊《めいてい》感だと言っていたな。あえて危険を覚悟で、こういうのをもとめる人もいるのだろうが、阿芙蓉《あふよう》（アヘン）中毒にも増して命知らずにもほどがある――

「藤屋はふぐにくわしいな、気をつけて食しているのであろう。やはり、それほど美味いのか？」

　友田はごくりと唾を呑《の》み込んだ。

「いいえ、一度も食べたことはありません。わたしがふぐの毒のことを多少知っているのは、今まで、フグ毒に中った患者さんたちを診てきたからです」

「えっ？　どうしてふぐに中った人を先生が診ることになるの？」

金五は身を乗り出した。

「ふぐは食べたとわかれば御定法に触れますので、どんなお大尽《だいじん》も、たまたまふぐが釣れて料理するその日暮らしの漁師も、隠れて食べるものです。家族にも言えず、まず舌が痺れたとだけ訴えるのでわたしが往診に呼ばれるのです。たいていは夕餉《ゆうげ》に食べてしまうので夜道を駕籠《かご》が迎えに来ることもあれば、薬籠《やくろう》を背負ってひた走ることもあります。それで、少しずつふぐについて知りました」

「あそこに挙げてあったふぐのうち、お大尽が食べるふぐってどれ？」

金五の興味は尽きない。

「残念ながらあそこにはありませんでした。加賀《かが》や長州等の海で多く獲れるトラフグやシマフグです。これらのふぐは三尺（約九十センチ）近くにもなる大型です。それゆえ美味しい身が沢山とれる上、毒があるのは肝と真子、ひゃくひろだけですし、これらの腸は相応に大きいので、見失うようなことはなく、傷つけずに取り出すことが容易です」

「下々が食うのはいったいどのふぐなんだ？」

友田が不愉快そうに鼻を鳴らした。

「中っても何とか命を取り留めた漁師さんの話では、一番網にかかるのは小型のクサフグやコモンフグ、アカメフグ等なのだそうです。あと、中型のヒガンフグ、マフグ、メフグなども。これらのふぐは毒のある部位が多い上に、小さいので包丁が滑ると腸が破れて、白身に毒を移してしまいかねないということでした。下ろした白身を、いくらよく洗ったつもりでもしみこんでしまうともう駄目だそうです。ちなみにフグ毒は煮炊きしても毒性はなくなりません」

桂助はきっぱりと言い切り、

「新たな目でもう一度、ここを探してみましょう」

土間に目を据えると、

「水が多量にこぼれて乾いた痕がありますね。主は敵と格闘の末、掠《さら》われたのでしょう。その時、どちらかが瓶にぶつかって倒したものと思われますが、瓶が見あたらないのは変です」

続く水の乾いた痕を追った。

乾いた痕は勝手口まで続いている。勝手口を開けると、ごろんと一つ瓶が転がっている。

「あれ」

金五が枝ばかりの大きな山椒《さんしょう》の木に目を向けた。

椿の花が頭についている花簪が枝先に引っかかっていた。

──風が強い日もあったのに、よくも残っていたものだ──

「えっ？　これは鋼さんに見せてもらったのと同じ花簪ですよ。同じ特徴があります」

「これぞ、命を奪われた者の執念よな」

友田が呟くと、

「怖いけど凄い」

金五は青ざめつつも大きく頷いた。

番屋へ戻る途中、友田はほっと小さく息をして、

「これでやっと何者かが、おそらく花簪売りとその仲間が新吉なるものを襲って掠った末、フグ毒の回りを見極める試しで殺したと分かった」

桂助は、

「ふくとはフグ毒、品とは犠牲になる人たちのことだとわかりましたが」

鋼次から聞いた長州訛り混じりの話を続けて、花簪売りのおぶんと辻新の主新吉は仲間だったようだと告げ、

「ただの仲間割れとは思えません。もっと大きな力が働いているのではないかと思います」

明るかった周囲が一瞬闇に覆い隠されたように思えた。

「新吉は口を封じられるついでに品になったのだと言いたいのだな。そんなことはわしとて百も承知だ。だがな、その花簪売りさえ捕らえれば、この女を操っていた者の正体も知れよう。花簪売りのおぶんとやらの手配をさらに徹底せねば——」

番屋が見えてきたところで、

「おいら、ちょっと思いついたことがあるんだ」

金五は持っていた椿の花簪を桂助に渡すと、二人とは別の道へ走っていった。

番屋に帰り着くと、桂助は座敷へ上がり、

「わたしも思いつきました」

まだ片付けられていない炬燵《こたつ》の前に座り、破かないよう慎重に花簪の頭の部分、紙で出来た椿の花を解《ほど》き始めた。

花びらと葉はそのまま、丸められていた蘂《しべ》は平たく開いて頭を揃えて並べてみた。

「何だ、何だ？」

炬燵に足を突っ込んで寝転んでいた友田が起き上がった。

「思った通りでした」

「何が思った通りなのだ？」

「花びらも葉も平たいままの蘂もどれも、墨の痕があって、こうして並べると横一文字になります」

「一か」

「品川宿で千住様の骸を馬で運んだと思われる、ツクヒで命を落とした男が持っていた脇差の柄《つか》にあった据紋《すえもん》も一でした」

「あの者と花簪売りも仲間ということになるな」

「その通りです」

「あの者が脇差の持ち主だとしたら、花簪売りは大の男と格闘して連れ去ることのできる、武道の心得のある女なのか？」

「大きな女ということでしたのでそうかもしれませんが、一が気になります」

「確かに。藤屋、おまえだから話すが、こう手がかりがなくては、探しても女簪売りは見つからないような気がする。いっそ、あの房楊枝売りの話は偽りだったと思いたいほどだ」

友田は大きな失望のため息をついた。

六

その頃、金五は日本橋の長谷川町へと走っていた。しばらく前までは市中の飴売《あめう》りの元締めだった勝蔵《かつぞう》の家へ急いでいる。

以前から、金五は下っ引きで得る駄賃ではとても亡き祖母との暮らしが立ちゆかなくなっていた。

そんな時、暗い顔で、長すぎる手足をもてあましているかのように、ゆらゆらと不器用な仕種で往来を歩いていると、

「ちょっと、ちょっと」

見事につるつるの禿頭《はげあたま》ながら血色も恰幅《かっぷく》もいい四十歳前の男に呼び止められた。

「えっ、おいら？」

思わず金五が足を止めると、

「止まれば普通のやさ男か、いや、ちょっとの男前かな」

相手は値踏みする目で据えてきて、

「十文やる、だからもう一度、歩いてみてくれ」

真顔で告げてきた。

十文に釣られて金五が歩き始めると、

「いいね、あんたのゆらゆら歩き。痩せてることもあって、白狐《しろぎつね》の装束が似合う。こりゃあ、子どもだけじゃなしに、中にどんな顔が隠れてるんだろうって、若い女たちも騒ぐな。白い晒《さら》し飴の売れ行きが伸びること間違いなしさ。一日百文でどうだい？お目見えの日は二十文追加で百二十文」

相手は金五の後を追いかけてきた。

──百文あれば、祖母《ばあ》ちゃんと二人で蕎麦《そば》を啜れる──

金五は一も二もなく、この話に首を縦に振り、これが市中の飴売りの元締め勝蔵との初めての出会いであった。

飴等の菓子類は必需の米や菜等ではなく、酒のように一家の主が好むものでもなく、女子《おんなこ》どもの嗜好品《しこうひん》なので、売れ行きは売り方次第である。そうとあって、この頃の勝蔵は元締めとして、飴売りたちに売り方の指南もしていた。

勝蔵の読みは当たり、白い晒し飴の売れゆきは格段に伸びた。今では金五の装束も工夫が凝らされて、耳も尾もあり、ふわふわした毛並みの白狐なのに、顔だけはそこそこ男前の人の顔が見えている。

手足の長さのせいで、ゆらゆらと動き廻《まわ》る様子に愛嬌《あいきょう》があるとされ、すばしこく、ずるがしこいとされる、従来の狐とは似ても似つかない、白狐装束の飴売りとして人気を取っていた。といって、これだけ顔を見せているというのに、この装束を脱いで下っ引き姿で歩いていると、誰一人、白狐の飴売りと同一人物とは気がつかない。

――ぶざまな手足と生まれもった顔だけじゃ、おいら、もてないんだな。白狐になるとあんなに騒いでくれるのに――

若い金五は複雑な想いを抱くことが多々あった。

――男のおいらだって、そんな風なこと思って、寂しい気がするんだから、若い娘ってことになりゃあ、こういう気持ち、溢《あふ》れるほど持ち合わせてるんだろうな、だから、勝蔵さんの娘さんも――

金五は勝蔵の家へと走り続けながら、ある出来事を思い返していた。勝蔵は商い熱心でやり手だったが、客の応対は外で済まし、どんなに親しくなっても決して家へは招かなかった。金五とも顔が合うと、

「どうだ、調子は?」

勝蔵は必ずねぎらい、

「おかげで晒し飴屋も喜んでる。ありがとよ、さあ、好きなだけ食べてくれ」

屋台の鮨《すし》等を振る舞ってくれたが、〝元締めの家は見たところ、えらく立派な仕舞《しもた》屋《や》の二階家だよ〟、〝一度は呼ばれてみてえよな〟とほかの飴売りたちが噂《うわさ》している、自分の家には連れて行ってはくれなかった。

そんなある日、金五は勝蔵が体調を崩していると聞き、飴売り仲間に教えられた長谷川町にある自宅へと急いだ。

たしかに噂にたがわず立派で、池に数匹の錦鯉《にしきごい》が泳いでいる庭は広く、屋根の瓦も堅固なもので、二階のすぐ真上の空に浮かぶ雲が欄干から摑《つか》めそうに見えた。

――さすが、元締め、でも――

陽気で気さくながら抜け目のなさを併《あわ》せ持つ商人《あきんど》ぶりとそぐわない、ある種の寂寞《せきばく》感をこの家に金五は感じた。

それで、声をかけたものかどうかとしばらく門の前で迷っていると、

「待て、待てって言ってるんだよ」

これまでの勝蔵からは聞いたことのない、哀《かな》しみと必死さがこもった声が聞こえた。

「もう放っておいて、おとっつぁん」

若い女の涙混じりの金切り声であった。

「そんなこと言ったって、すっかり無くしちまわないと、その熱が下がらずに、仕舞《しめ》えには口中の毒が身体中に廻って死んじまうんだぞ」

勝蔵が掠《かす》れ声で叱りつけた。

「いいの、いいのよ、あたしなんてもう死んだって。この年齢で歯無しなんてのになって、どんな楽しいことがあるの？　あるわけないでしょ、誰もあたしのこと想ってなんてくれっこないのに、生きてられるわけないじゃない」

「おとっつぁんがいるじゃないか、おとっつぁんなら、おるい、おまえのことを一生想って守ってやれる。だから、先生の言う通りにしておくれ、お願いだ」

「おとっつぁん」

そこで父娘《おやこ》は言葉をなくした。

――二人とも泣いてるんだろうな、きっと。加減が悪いのは勝蔵さんじゃなくて、娘さんの方だったんだ。口中の病はとかく悪さが極まると歯無しにするしかなくなる。理由が理由なんで、人を寄せ付けなかったんだな――

この時、金五は何も告げずに帰るつもりだったが、

――ああ、やってしまった――

走りだそうとした矢先、後ろ足を玄関戸にぶつけてしまった。

その音に気づいた勝蔵が戸を開けたが、金五は目礼だけして、逃げるようにその場から立ち去った。

――こういうどうにもなんないことって、ずっと黙ってるしかないよね――

金五はそう自分に言い聞かせた。

そして、次に勝蔵に会った時、別人ではないかと思ったほど勝蔵は窶《やつ》れていた。

――もしかして、会いたくないはずのおいらに会いに来た？――

「晒し飴なんかどうかな？」

金五は白狐の装束のまま、勝蔵を近くの木陰に誘って並んで座った。

「飴？　そう聞いただけで気分が悪くなってきたよ」

勝蔵は薄くなった胸板を押さえた。

「でも、勝蔵さんは飴売りの元締めでしょ？」

以前の勝蔵は晒し飴、ニッキ飴、ハッカ飴等をいつも小袋に入れて、懐に忍ばせ、一息つきたくなるとしゃぶるのが常だった。

「今日、おめえに会いに来たのは伝えたいことがあったからだ。ふさわしい奴に譲ったから、俺はもう元締めじゃなくなった。それから生涯、飴に関わるのは、舐《な》めるのも含めて全部止《よ》した。だから、もう、おめえとは縁がなくなるだろう。最後の挨拶だと思ってくれ」

一方的に別れを告げた勝蔵に、

「おいらは嫌だよ、そんなの。おいらさ、祖母ちゃんに死なれて、身寄りがないんだ。だから、少ない知り合いを身寄りみたいに思ってる。おいらのゆらゆら手足を見込んでくれた元締めもその一人。だからこれで最後だなんて嫌だよ、嫌だ――」

金五は思わず言い返した。

「おめえが家を訪ねてきて見聞きしたことを、他に洩《も》らしちゃいねえことはわかってる。有り難《がて》えとも思ってる。けど、歯無しになった娘が出て行ってからというもの、今はもう、どれもこれも、どうでもいいことになっちまった」

勝蔵は項垂《うなだ》れて泣いている。

「家を出てって、いったいどこに？」

「番屋に報《しら》せただけじゃ埒《らち》があかねえって知ってるから、奉行所に付け届けを持って日参したよ。人探しが得意な奴にも頼んだ。やれることは全部やったが、おるいを見つけることはできねえ。そしたら、少し前に夢枕におるいが立った、〝おとっつぁん、助けて〟って青い顔で言って、あんぐりと歯無しの口を開けてみせた。まるで吸い込まれたら二度と出られねえ穴蔵みてえだった。それで俺はもう、おるいはこの世にいねえんだとやっと得心できたよ。歯無しぐらいじゃ、見世物小屋に拾われるわけもねえ。おおかた、歯無しになったのを誰にも振り返ってもらえねえ女になっちまって、金輪際、恋に縁なしで、所帯を持つのも叶わねえとはかなんで、大川にでも飛び込んでそのままになったんだろうさ。そう思うと、これから俺はどうすればいいかわかった。俺は汗水垂らして飴を拵えて売ってたこともあるが、皆が羨むそこそこの大金を稼いだのは、元締めになって、飴屋たちの上前をはねたり、売れる工夫を次々に思いついたからだ」

「凄いじゃない」

金五は讃《たた》えたつもりだったが、

「いや、そう思って浮かれてた時もあったのが間違いだよ。人を生かすも殺すも自在の銭はさ、汗水垂らしてこそ、にっこり笑える時を授けてくれるのさ。だから、俺みたいに思いつきでの銭稼ぎは罰《ばち》が当たる。娘のことはその罰なんだと思った。そう悟ったんで、全て止めて罪滅ぼしのために出直すことにしたんだ」

「何をするつもり？」

「さあてね、今は何にも思いつかねえよ。飴売りについちゃ、いろいろ思いついたのになｌ」

応えた勝蔵の目は虚《うつ》ろで、

――この人、もしかして――

娘の後を追うつもりかもしれないと金五には思えた。

七

「飴に関わっての仕事も悪かったような気がしてる。口中の先生に言わせると、甘いもんは歯にたいそうよくねえそうだから。小さい頃のおるいに、いくらでも手元にあったいろんな飴を好き放題に食べさせてたのもよくなかった。俺の飴稼業とおるいが歯無しになったのも関わりがあるんだ。因果応報かもな――」

勝蔵はがっくりと痩せた肩を落としている。

――何としても後追いだけは止めさせなきゃ――

「口の中っていうのは、いつも綺麗に清めとくとむしばや歯草を寄せ付けないんだと、おいらが尊敬してる口中の先生が言ってる。それには口嗽《くちゆす》ぎもいいけど、それだけじゃなしに、房楊枝を朝晩使うことなんだって。元締めは人を寄せるにはどうしたらいいかっていう才があるから、房楊枝の売り方を考えてみたらどうかな?」

それなら、娘さんの供養にもなるとまでは金五も続けられなかったが、

「供養商いかい?」

勝蔵は苦く笑って、

「供養と商いを一緒にしたら供養にはなんねぇような気がする。けど、房楊枝ってぇのはいい口中の清めになるとは聞いてる。よし、一つ、房楊枝作りの修業をしてみるよ。これだけなら供養になる」

勝蔵は金五の目を見て頷いて、

「心配してくれてありがとな」

礼を言って立ち上がった。

以来、金五は気になって、時折勝蔵を訪れた。手入れをしなくなったせいで雑草が生い茂って荒れ果てている、がらんと広い家の土間が勝蔵の仕事場になっている。

「家を売って長屋に移ってもいいんだが、知り合いを作りたくねえんだよ。どうして、作った房楊枝を売らないのかなんて言われるのも、おるいのことの詮索もご免だ」

隠遁《いんとん》を貫きたい勝蔵に房楊枝作りを教えたのは金五であった。

「おいらの兄貴分が房楊枝職人なんだ。教えてもらうなら兄貴の方が絶対いい。兄貴

は堅苦しい性分じゃないし、出し惜しみもしない。事情を話せば、住み込みなんてのも強いないだろうし。おいら、いつも見てるけど、大体しかわかんないし——」

金五は鋼次へ教わるよう勧めたが、

「俺はたとえおめえの兄貴分が相手でも、自分の話はしたくねえんだ。いいよ、おめえが教えられるだけのことで。どうせ、外で売るわけじゃなし、俺が自分で使う分を作る供養の品なんだから」

勝蔵は頑としてきかなかったのである。

——どうして、おいら、もっと早く、花散る寺の無縁塚から歯無しの若い女の骸が出てきた時、勝蔵さんの娘さんと結びつけて考えなかったんだろ？——

金五は勝蔵の家の近くまで来ていた。

——結びつけたくなかったんだな、きっと。元締めにそうかもしれないって話をするのが辛《つら》かったんだ——

勝蔵の家の門が見えてきた。

——あれっ——

戸が開けっ放しになっている。

「元締め、勝蔵さん」

大声で叫んだが応えはない。
玄関を抜けて仕事場である土間へと走った。
ドロヤナギの束や薬罐《やかん》、さまざまな種類の小刀等のある土間に、夥《おびただ》しい血が流れて
勝蔵が倒れていた。
「元締め、しっかり」
金五はすでに固まりかけている勝蔵を助け起こした。匕首《あいくち》らしい物で刺された腹部
から血が流れ落ちている。咄嗟《とっさ》に首に触れてみたが、もう脈は打っていない。
——こういう時、桂助先生ならどうするだろう？　きっと——
金五が勝蔵の開きにくくなっている口を両手でこじあけると、赤い布きれが出てき
た。
——何なんだ、これ？　元締めを殺《あや》めた相手が突っ込んだ？　それとも元締め自
ら？——
金五は落ち着け、落ち着けと自分に言い聞かせつつ、掌の上の赤い布きれをじっと
見つめた。
——下手人の仕業として意味を考えるのはおいらじゃ無理。だから、元締めの言い
残したこととして考えると——

金五はこの家で見た赤い色の全てをつぶさに思い出してみた。

——庭に赤い花なんて見たことなかった。金魚はたしかに赤いのもいたけど——、赤と白の斑《まだら》だったし、第一、金魚じゃ、わけがわからない。赤富士の屏風《びょうぶ》？——

金五が座敷にあった赤富士の屏風を思い出して、駆けつけてみると、すでに壊されずたずたに引き裂かれていた。

——探し当てたのかもしんないけど、そうじゃなかったかもしんないから——

金五は先を考えた。

——赤、赤、赤——ちょっと褪《さ》めた色のこの赤、もしかして——

金五は赤い布の切れ端を手にして勝手口から地蔵を祀《まつ》ってある裏庭に出た。

ここに地蔵が祀られたのは勝蔵が房楊枝作りで、すでにこの世にはいないと悟った娘の供養を始めてからのことであった。

——やっぱり、これだ——

金五は地蔵が着けている赤い涎掛《よだれか》けの端が破り取られていることに気づくと、手にしている布きれを合わせてみた。

——思った通り、ぴったり——

この後、金五はぐるりと地蔵をめぐると、ちょうど後ろに当たる場所の土の色が変わっているのを見つけた。

すぐに、道具入れになっている物置小屋から鍬《くわ》を取り出し、力を込めて無心に掘り続けると、

——あった——

真鍮《しんちゅう》で出来たずっしりと重い四角い函《はこ》が出てきた。

中からは勝蔵が金五に宛てた文《ふみ》とおるいの日記が出てきた。

以下のようなものである。


金五、おめえがこいつを読んでるってことは、俺はもう、この世にいねえってことだろうと思う。

俺はあんまり辛すぎて、長い間、もう死んでるに決まってるおるいの部屋も持ち物も整理できなかった。

けれども、おめえに勧められた房楊枝作りの供養を続けているうちに、俺よりもっともっと辛かったおるいの心を知らなければ、真の供養にはなんねえ気がしてきた。

それで、思い切ってこの家にあるおるいに関わるもの全てを見ることにした。

驚きと怒りが今の俺にこの文を書かせている。おるいはたしかに死んでいる。けれ

ども、自分からそうしたかったんじゃない。花簪売りに巧みに唆《そそのか》されて死んだんだ。世の中に敵討《かたきう》ちの神様はいるもんさね。おるいの日記を読んだ後、俺は久々に市中を歩き回った。いわずと知れたその花簪売りを見つけるためさ。

俺はおるいの身に何が起きたのか、花簪売りに白状させるつもりだ。これで供養が全うできる。

俺の身にもしものことがあったら、お上のお手先を務めてる下っ引きのおめえが俺の想いを引き継いでくれ、頼む。

勝蔵

金五へ

おるいの日記は歯痛による苦しみの日々と、歯抜きによって痛みからは解放されたものの、若い娘ならではの絶望の毎日を送る辛さが切々と書かれていた。絶望が救いに変わるのは花簪売りのおぶんが現れて以降であった。次のように書かれていた。

おぶんさんが拵えている花簪の椿や桜や梅や桃の花みたいにあたしもなりたい。〝でも、歯無しなんかじゃ、到底無理ね〟とあたしが愚痴ると、おぶんさんは、〝そんなことない、姿形じゃない、心延《こころば》えの華にならで十分なれる、心延えの華は、男たちにもてはやされている小町娘なんかより、ずっとずっと美しいのよ、尊いのよ。小町娘は年齢をとったら仕舞いだけど、あんたの人の為《ため》になる高い志は永遠に崇《あが》められる、いずれ、男たちだって見直すわよ、だって天照大神《あまてらすおおみかみ》のように祀られ続けるんだから〟って言ってくれた。これほど明るい気持ちになったことは、生まれてから一度もなかった。

〝まだ、心が決まらないの？〟今日のおぶんさんは少し不機嫌だったけれど、持ってきてくれた白い椿の花の簪はふわりとはかなげでとても見事だった。〝椿は花びらから散らず、花ごとぽとりと落ちるから、武家では縁起が悪い花扱いされてるけど、あたしはそうは思わないわ。花が落ちた後に髪や肌を癒すだけではなく、さまざまな手当てや食用に使える、素晴らしい油の元となる実を結ぶのだから。あなたも椿みたいになりたくない？　あなたの決意一つで沢山の人たちが救われる、早く決めてちょうだい〟と、おぶんさんに急《せ》かされた。たしかにその通りかも——。

わたしがまだ決心できないのは、おとっつぁんのこと。〝あんたが歯無しになったのは、女房を亡くしたあんたのおとっつぁんが、稼ぎに出てる間、あんたに飴を食べさせ続けたせいよ。悪くて酷いおとっつぁんじゃない？　あんなおとっつぁんのことなんて、もう、どうでもいいでしょ〟なんて、おぶんさんは言うけれど、あたしはおとっつぁんが好き。もう会えなくなると思うと堪《たま》らない気持ちになったけど、それを口にしたら、〝あんたがいなくなったら、案外、おとっつぁんもほっとするかも。それに何より、あんたは神様になるんだもの、誇らしく思うわよ〟と、おぶんさん。たしかにその通りかも――。明日の早朝、夜の明けないうちに、おぶんさんの待つ近くの神社へ行くことにする。さようなら、おとっつぁん。

八

おるいの日記を読み終えた金五はすぐに番屋へと人を走らせた。

辻新から戻っていた友田と桂助が駆け付けて、勝蔵にまつわる金五の話を聞きながら、勝蔵とおるいの書き置いたものを読んだ。

「これでなにゆえ歯無しの者たちが生け贄にされたか、経緯《いきさつ》がわかった――」

友田はこれ以上はないと思われるほど目を怒らせ、金五は、

「あんまり、あんまりだよ。これじゃあ、おるいちゃんも元締めも浮かばれない、早く、早く、下手人を引っ捕らえておいら仇《かたき》を取りたい」

唇を血が滲《にじ》むほど嚙みしめ、

「何と歯無しの人たちの弱った心が狙われたのですね」

桂助は堪らない気持ちになった。

――品三郎様もきっとこのおるいさんのように絶望の淵《ふち》にいて、まやかしの意味ある死へ誘われてしまったのだろう。けれども、あえてフグ毒の試しで死ぬのでは、それがどんなに美化された死であっても、まさに緩慢な自害だ。手当てをしたわたしは痛みを無くして前向きに生きてほしかったのに――、何ということだ、酷い奸計《かんけい》だ、許せない。そして、海の向こうではむしばを鉄製の道具で削って、金箔《きんぱく》や銀や錫《すず》の細かい粉と水銀を混ぜて固まるものをむしばの穴に詰めて治すことができるというのに、今のところ、歯抜きしか手立てのない事情や自分の無力さにも腹が立つ――

桂助は知らずとこめかみを震わせ、両の拳を握りしめていた。

それから二日ばかりが経った。

桂助は晴れない気分を振り払うようにして治療に精を出して過ごした。

——お佳ちゃんはどうしたろう？——

鋼次の娘の発熱を案じて、見舞いに出向こうかと思っていると、

「美鈴さんがおいでです」

告げた真穂の顔はすでにやや青かった。

桂助を座敷で待っていた美鈴の方は顔色が真っ青だった。

「うちの人、あれから帰って来ないんですよ」

背中にお佳を背負った美鈴は、両目を吊《つ》り上げて投げつけるような物言いをした。

「お佳ちゃんの具合はもういいんですか？」

「お佳の具合ですって？　いいも悪いも、先生たちと一緒だったうちの人のところへ使いなんて出しちゃいません。お佳はほら、こうしてずっと元気だったんですもん」

美鈴はよく眠っているお佳を肩を傾けて桂助に見せた。

「それでは、辻新に報せに来た子どもは——」

桂助は胸の辺りに塊を感じた。

——偽りの言伝《ことづて》を頼まれたのだ——

「ええ、そうですよ、偽の言伝だったんです。それなのにうちの人はそれを信じて——」

美鈴の寝不足で赤い目に涙が滲んだ。

「いったい誰がこんなことを――酷いじゃありませんか。うちじゃ、人に言伝を頼む時は、子どもには頼まないことにしてるんですよ。あたし、子どもじゃ、ちゃんと伝えられないことがあるからって、実家《さと》のおとっつぁんに口が酸っぱくなるほど言われて育ちましたから」

その言葉に桂助は頭《こうべ》を垂れた。どうして気がつかなかったのかと、美鈴の目が無言の抗議をしていたからであった。

「友田様や金五さんはこのことを？」

「もちろん、一晩帰らなかった昨日、番屋にも言いに行きました。そしたら、桂助先生のところだろうって。あたしもそうかもしれない、たまにはあたしたちから離れて、独り身だった頃に戻っていい気分でいるのかもしれないって思ったんです。でも、昨日の晩も帰らないとなると、そうじゃない気がしてきて。うちの人はお佳の顔を毎日見ていたいっていうのが口癖だったんですよ、二日も見られないなら、それこそ言伝か、文ぐらい寄越《よこ》してくるでしょ」

「たしかにそうですね」

「それと、もう我慢なんないから言ってしまいますけど、あたしがどうしてこんな心配しなきゃいけないかっていうと、そもそもみーんな桂助先生のせいです。先生さえ、昔、うちの人とやってたお上の調べの真似事《まねごと》や謎解きに、またぞろ首を突っこまなけりゃ、うちの人もこんなことにはならなかったと思うんです。その事、友田の旦那に言ったら、〝こっちからは誘ってない、むしろずっと迷惑だった〟って言うんです。先生だって同じだろうって、そうなんですか？」

美鈴の切れ長の目が鋭く光った。

「鋼さんにはよくよく助けられました。けれども、時には命懸けの助けでもあり、所帯を持ってからは遠慮していたつもりです」

「たしかにうちの人が勝手に助っ人《すけと》になったんだけど――」

美鈴の鋭い刀のような目が怒りに燃えたかのように見えたが、

「ごめんなさい、あたし、もう、心配で心配で誰かのせいにしたいだけなんです、すみません」

澎湃《ほうはい》と湧いて出た涙に両袖を当て、泣き続けた。

「どうぞ」

真穂が茶とたまごの実、ボーロを運んできた。

「ずっと寝ておられないんでしょう？　奥に床を取りました。少し休まれませんか？

果報は寝て待てって言いますから――。その間、お佳ちゃんはあたしがみていますから」

真穂は労《いたわ》り、お佳を美鈴の背中からそっと抱き取った。

一方、鋼次は地下の牢《ろう》の中に居た。どれだけ時が過ぎたかがわからない。

辻新を出て、お佳の具合が悪いと報せてきた、少年と共に歩き始めたところまではよく覚えていた。

――途中、後ろから尾行《つけ》られているんじゃないかって思った。その矢先、四つ辻が近づいたとこでガキが走り出して、そして、あの顔が迫ってきた時には、いくらもがいても身動き一つできなかった――

あの顔とは花簪売りの大女であった。

――とにかくもの凄い馬鹿力だったぜ――

鼻を摘《つま》まれて、何やら飲まされたようだったが、そこからの記憶が全く無かった。

下駄《げた》の音が響いて膳が運ばれてきた。

――それにしても、こんなところで出会うとは思ってもみなかった――

「御膳です」

侍を後ろに従えた女が告げた。

瓜実顔《うりざねがお》で細面の典型的な武家美人で知的な雰囲気を漂わせている。

——志保《しほ》さん——

しかし、以前と外見は変わらないように見える志保は、ここでの初対面の時、

「綾乃《あやの》と申します。ここにいる間、あなた様のお世話をさせていただきます」

真顔で告げてきた。

「えっ？　何言ってんだよ。あなた様なんて、俺、俺だよ、鋼次だよ」

鋼次が懸命に名乗っても、

「初めてお目にかかります。よろしくお願いします」

相手はにべもなかった。

——他人の空似か——

今のところ、鋼次はそのように思うしかなかった。

——それにしても、綾乃さんは盗賊の館にも仲間にもふさわしくない。そもそも、綾乃さんの着ているものや、髪形は武家風だ。盗賊の頭《かしら》が武家の出で、大事にしているこの女《ひと》に武家女の形《なり》をさせているのだろう——

鋼次は自分をここに連れて来たのは盗賊だと思い込んでいた。

――けど、どうして、よりによって俺が盗賊に掠われなきゃなんねぇんだ？　娘が病に罹ったなんてぇ、あんな念の入った細工をされたんだから、人違いじゃあねぇんだろうが、皆目見当がつかねぇや。考えられるのは美鈴の実家のおとっつぁんの筋だな、大店《おおだな》ってぇのは実入りがいい代わりに、競争相手もあこぎな足の引っ張り合いも多そうだ。でも、ま、お佳や美鈴が狙われてこんな目に遭うよりは、俺が遭った方がよっぽどましだけどな。美鈴の奴は俺よかずーっと気丈だし――。だから、よかった――

鋼次は意外にも腹が据わっていた。

――それに桂さんたちが絶対見つけて助けてくれる――

確信もしている。

「今日はもう、ここでよろしいです」

綾乃と名乗った女は侍に下がるよう命じた。

「いや、しかし――」

鋼次から片時も目を離さずにいた侍は、すぐにはその場を去らなかった。

「よろしいのです。博士様の御命令ですから」

綾乃がきっぱりと言い切ると、

「それでは——」

渋々、侍は下がっていった。

——〝博士〟？　〝博士〟って何だよ——

鋼次は不審に思った。

立ち去る音に耳を傾けていた綾乃は、

「時はあります。これからは力が要りますので、沢山、召し上がってください」

さすがに囚《とら》われてからは進まない鋼次の食を促した。

「これからどうして、力が要るってぇのか、話してくれ」

鋼次は飯茶碗《めしぢゃわん》が半分ほどに減ったところで箸《はし》を止めた。

「あなたは明日の朝、生まれたままの姿にされ、ここから出て裏庭へ連れていかれます。そして、深く人型に掘られている土の中に埋められるのです。そして、口からツクヒの新薬が注がれます」

「待ってくれ、俺はぴんぴんしてて、ツクヒなんてぇ大それた病気じゃねえぜ」

さすがの鋼次も慌てると、

「そうなのです。ですから、わたしにはあなたへの薬は不要だと思います。それから、今までお世話をしてきた何人かの人たちの場合も、果たして本当に必要だったのかと疑わしく思っています。どなたも音や光で背中を弓なりに反らしたりはしませんでしたから」

綾乃は眉を寄せて首を傾げた。

――やっぱり、この女、志保さんだ。そして、ここは医者んちだな。よくわかんねえ、人を掠う医者んちで志保さんは奉公してるってわけだな――

鋼次は一応得心した。

「あんたの名、ほんとに綾乃ってぇのかよ?」

「助けてくださったここの博士様にそう報されました」

綾乃は困惑気味に微笑んだ。

「助けられたって?」

「頭の上から刀が降ってきました。覚えているのはそれだけです。気がついた時には博士様にわたしの命が助けられたことを告げられて、生まれ変わったつもりで、医術に精進するようにとおっしゃったのです。それでここにおいでの皆さんのお世話をすることになったのですが――」

綾乃の顔が暗く沈みきっていた。

「悩みがあるんだね」

「ええ。お世話をした方々は裏庭から帰って来ないので。それと、ここ地下牢でしょう？　どうして、こんなところで患者さんのお世話をしなきゃならないのかって、思うようにもなってきたのです」

九

――わかった!!――

閃《ひらめ》いた鋼次は、自分を待ち受けているこの後に、戦慄《せんりつ》を感じつつも、

「あんたが世話したっていう人たち、全員歯無しだったんじゃねえかい？」

まずは確かめてみた。

「ええ。何だか、皆さん、世をはかなんでいる様子でした。ツクヒに罹ってるということでしたが、症状はまだ出ていなくて、むしろ、心に病を抱えているように見えました。若い人たちは歯無しの外見を憂い、お年齢のいった方々は歯無しの食事の味気なさと生き甲斐の無さ、家族への負担を訴えていましたから。そして、皆さん、何かのためになって死にたいと言い続けていました。それで甲斐がないかもしれない、ツクヒの新薬を試す気になったのだと思います。でも、もうわたしこれ以上見てられな

くて。それにあなたは歯無しじゃないし、とっても元気そうだし――、わたし、こんなことしてていいのでしょうか？」

とうとう綾乃は両手で顔を覆ってしまった。

――いいわけねえよ、あんたは志保さんなんだから――

思わず、大声で叫びかけた鋼次だったが、

――おっと、今はまだ駄目だ。おそらく記憶を失くしてるにちげえねえ志保さんを混乱させちまう。俺には女房、子どもが居る。今、ここでよくわかんねえ医者たちの試しで死ぬわけにはいかねえ。綾乃って名乗ってる志保さんの助けがどうしても要る――

「わかるよ、あんたの気持ち。それで俺を助けてくれようって気になったんだな。俺があんたでも、今、あんたがしようと考えているようにするだろうさ」

片手の人差し指を目の縁に当てて貰い泣きを装った。

「わたしのしようとしていることは間違ってないのですね」

「もちろん」

「そう、だったら、よかった」

綾乃はほっと大きく息をついた。

「合図は明け烏《がらす》の鳴き声です。わたしがあなたを裏庭に連れて行くことになっています。先ほどの者は見張りについていますが、昼間に確かめてみて、檜林《ひのき》に続く垣根の前は誰も居りません。ですので、そこから逃げられると思います。お願い、逃げてください」

綾乃はまだ涙声であった。

時が来て明け烏がかあかあと甲高く鳴くと、褌一つになった鋼次は、

「行くぜ」

相手を促した。

「わたしの役目はお見送りするだけです」

「そんなこと言ったって、ここに残ってたら、俺を逃がしたってことで、あんたは殺されるよ。さあ」

座り込んだ鋼次は綾乃に背中を向けた。

「さあ」

さらに促し続けて、

「これ、初めてじゃないよ、志保さん」

思い切ってその名を呼ぶと、

「志保さん？――」

呟くように繰り返しつつ、綾乃は鋼次の背に身体を預けた。

檜林に続く垣根から外へ抜け出た鋼次は、薄闇の中をやみくもに走り続けた。

――こんな時に金五の奴がいたらな、いや、金五ほど速く走れたら――、馬鹿っ、そんな余計なことは考えるな、とにかく、走れ、走れ、走って逃げるんだ――

途中、一度だけ、川の水の音に気がついて立ち止まり、喉を潤そうと、屈《かが》みこんだ。

その時、不意に背中が軽くなって、

「背中のぬくもりで思いだしたわ、初めてじゃないって、わたしが町中で足を痛めた時、忙しかった桂助さんの代わりに迎えに来てくれたわね、鋼次さん」

振り返ると志保が立っていた。

「やっと思いだしてくれたんだね、志保さん」

「ええ。でも、わたし、取り返しのつかないことをしてしまった。桂助さんに合わせる顔がない――」

志保は顔を上げずに俯いている。

「覚えてなかったんだから、仕様がないよ」

「それでも駄目、わたし、自分が許せない」

志保は悲痛に叫んだ。

――ここが川辺なのはわかるけど、どこまで来てたのかは見当がつかない。追っ手に追いつかれないように急がなければ――

焦る鋼次の喉は渇ききってひりひりと痛んでいた。

「ちょっと待ってて、志保さん」

一瞬ではあったが、この時、鋼次は川の水を啜るために志保に背中を向けた。

「さあ、行こう、桂さんも待ってる」

そう言って振り返った時、すでにもう志保の姿はそこになかった。

「志保さん、志保さん」

何度も鋼次は呼んだが応えはなかった。

――ごめん、桂さん――

再び遮二無二走り始めた。

目の前には〝ちょっと、あんたっ〟と、鋼次のつまみ食いを叱りつける時の美鈴のふくれた美人顔と、お佳の愛らしい様子が笑い声に重なって迫っている。

――俺は帰るぜ。おまえたちのとこへ必ず帰る――

何度もそう自分を励ましながら、朝の薄闇がくっきりと晴れて、陽《ひ》の光の中に日本橋が見えてきた時、

「美鈴っ、お佳っ」

叫んだ鋼次はその場にばったりと倒れた。

朝一から褌一つでどこからか走り通してきて倒れた者は珍しく、通りかかった人が番屋へと報せた。居合わせた金五により件《くだん》の者が鋼次だとわかると、早速、戸板が用意された。

「俺は死人じゃやねえぞ」

息を吹き返した鋼次は大声を出し、

「さくら長屋、いや、けむし長屋へ帰る。女房子どもが待ってるんだ。それから、すぐに桂さんに俺んちまで来てくれるよう報せてくれ。友田の旦那も、まあ呼んでくれ」

桂助たちはけむし長屋に集められた。

「あんた、よく無事で」

美鈴は運ばれてきた亭主にしがみついてうれし泣きに泣いた。

「あたし、うれしいっ」

「悪いがそのくれえにしてくれ、俺には話さなきゃなんねえ、大事なことがある」

「あんたの好きな甘酒ぐらい啜ってからでもいいでしょ」

「まあ、貰おうか」

集まった全員が甘酒を酌み交わして鋼次の生還を祝う形になった。

この後、鋼次は自分の体験したことをつぶさに話した。志保に去られてしまった段になると、

「ごめん、桂さん」

鋼次は土間に膝をついて頭を垂れた。

「謝らなくてはいけないのはわたしです」

桂助も土間に下りて鋼次と同じく頭を垂れた。

「わたしさえ先に志保さんを見つけていればよかったのですから」

「俺がもっと気をつけていれば――」

「それは違いますよ、鋼さん」

なおも謝ろうとする二人に、

「今となっちゃ、そんなのどっちでもいいことよ」

美鈴は一喝して、

「はっきりしてるのは、鋼さんが囚われていた地下牢に、さっぱり自分のことを覚えてない志保さんがいなきゃ、逃げられなかったし、こうやって、皆で甘酒も飲めなかったってこと。志保さんはうちの人の恩人よ。だから、何としても探し出して、これ以上、危ない目に遭わせないようにしたい」

大声で言い放った。

「それはそうだね」

金五が美鈴の話に合の手を入れ、

「それには何としても、これだけの大罪を犯した下手人を捕縛せねばな。下手人の黒幕が志保さんを操っていたことは確かだとわかっておる」

珍しく友田は大きく頷いて、罪状を書き付けた覚え書きを皆に披露した。それには以下のようにあった。

一、殺害された者たち

フグ毒試しと思われる殺害

旗本千住家三男　千住品三郎

花散る寺の無縁塚より見つかった八体の骸（うち、身元がわかっている者は以

下）
梅吉長屋の老婆　勢
元飴売り元締め　勝蔵の娘るい
全九体は全て歯無しである。

辻新主　新吉は一連の事件を引き起こした者達の仲間で、花簪売りのおぶんと訛りのある言葉で打ち合わせていた。殺されたのは試しと口封じを兼ねたものと思われる。

一、その他の殺し
元飴売り元締めの勝蔵　娘の日記より、花簪売りを下手人の一人と見なし、相手と渡り合おうとして刺殺される

一、死去せしも関わりのない者たち
品川宿に千住品三郎の骸を運んだ者が馬と共にツクヒにて死亡
骸の始末を約束していた土地の便利屋伝助《でんすけ》は焼死

「これにこう付け加えておこう」

友田は矢立《やたて》から小筆を出して以下のように書き足した。

一、フグ毒試しに使われようとするも逃げのびた者
さくら長屋在の房楊枝職人鋼次、花簪売りのおぶんに襲われ幽閉されるも、試しの直前、一味に囚われていた医者、故佐竹道順《さたけどうじゅん》子女の志保に檜の林を抜けるよう逃げ道を教えられ救われた。

十

「俺んとこには歯ありと書いてほしいね」

鋼次は真顔で告げて、

「そうよな、試しと口封じが目的で殺した仲間の辻新の主以外で、歯ありで狙われたのは房楊枝職人のおまえだけだからな」

友田も大真面目《おおまじめ》に頷いた。

――たしかに。そしてこれは急を要する。放っておくと無謀な試しは歯無しの人たちだけではなく、市中の人たち全員を的にするようになるだろう。品川宿でツクヒが因《もと》で亡くなった男の形見だという、脇差の柄《つか》の据紋《すえもん》についてあの岸田《きしだ》様にもっと早くにお訊ねすべきだった。不覚を取った――

桂助は深い後悔の念に苛《さいな》まれつつ、

「友田様、しばし、その覚え書きを拝借させてください。禍《わざわい》をこれ以上、広げないためにも是非、お見せして意見を乞いたいお方がおられるのです」

「今のおまえの言葉、偽りなきものと信じて渡すぞ」

友田はぎろりと目を剝《む》いた。

「行ってきます」

桂助が立ち上がりかけると、

「それ、おいらが先に運ぶよ」

飛脚に勝るとも劣らない俊足自慢の金五が手を差し出してきて、

「桂助先生の行き先の見当はついているよ。長いつきあいのあるあの元御側用人《おそばようにん》の岸田正二郎《しょうじろう》様だよね？　おいらが岸田様のお屋敷に届けといて、桂助さんがここから駕籠で急げば、岸田様が読み終える、ちょうどいい頃合いだと思う」

時を無駄にしない提案をしてくれた。

「なるほど。ならば、少しつけ加えたいことがあるので待ってください」

桂助は金五を待たせて岸田に渡す覚え書きに添える文を書いた。以下のようなものであった。


これ以上犠牲を出さないために、何としても下手人、大がかりなフグ毒試しの輩《やから》を探し出さなければなりません。これはわたしの直観ですが、品川宿でツクヒで死んだ男の形見の脇差に刻まれた、据紋の一という文字が気になっています。多年のお役目もあって、岸田様なら大名家、旗本家の家紋は据紋に到《いた》るまでくわしく、ご存じなのではないかと思われます。

それから囚われた鋼次さんが聞いた医者を示すらしき言葉の〝博士〟、これも耳慣れない呼称です。故事の一端としてどこかに残っているものではないかと——。

以上、南町奉行所定廻《じょうまわ》り同心友田達之助様の文に添えさせていただき、わたしは追ってすぐに参ります。

藤屋桂助

岸田正二郎様

この文をも懐中にした金五は猛然と走り出し、桂助は友田が呼んだ駕籠で岸田の屋敷へと向かった。

そして、一刻（約二時間）と経たないうちに、桂助はこのところめっきり白髪と皺《しわ》の増えた岸田正二郎と茶室で向かい合っていた。

「そちが届けてきた文、しかと読んだ」

岸田の全身に緊張が走っているのがわかった。

――岸田様にはおわかりのことがすでにおありだ――

「申しわけございません、わたしさえ、もう少し早くお訪ねしていれば、こんなことまでには――」

桂助は手をついて頭を垂れた。

「いや、知ったところで、こうだろうという説明はできても、市中に降る禍を阻止する手があったとは限らない」

岸田はほうとため息をついて、

「まずは応えよう。脇差の据紋の一、これは長州藩のものだ」

「ええっ？　長州藩なら毛利家の家紋で一文字《いちもんじ》三星《みつぼし》では？」

この程度の知識は桂助も持ち合わせていた。

「正確にいえば見慣れない一文字は長州の俄侍《にわかざむらい》のものだ」

「あの吉田松陰《よしだしょういん》の刑死と関わりがあるのでは？」

吉田松陰は私塾〝松下村塾《しょうかそんじゅく》〟を主宰し、そこに学ぶ多くの若者たちに、尊皇攘夷《そんのうじょうい》から加速しての倒幕論を講じ続け、安政《あんせい》の大獄《たいごく》に連座し、獄中にある時に老中暗殺計画を自ら告げ、斬首《ざんしゅ》されていた。

「三十歳という若さで散った命は神格化され伝説になりやすい。松陰亡き後、長州では過激な倒幕の志を継ぐ者たちが相当数蠢《うごめ》いていると聞いている。百姓、町人の身分で侍として武器を持つ者が後を絶たない。薩摩《さつま》のような財力を持たない長州では、武器を手にして闘う者を財《たから》としているのだろう。その者たちが一を、家紋と定めて用いているという話を聞いたことがある」

「なにゆえ、一なのでしょうか？」

「長州藩の家紋への反旗であろうな。そもそも、一は毛利家の祖である大江《おおえ》氏の遠祖が平城《へいぜい》天皇の第一皇子、阿保《あぼ》親王様であることを示している。親王様は身罷《みまか》られた後に一品《いっぽん》という品位《ほんい》を贈られておるからじゃ。加えて三つの黒い丸は武神である大将軍星・左《さ》将軍星・右《ゆう》将軍星のことで、長州藩の家紋は天子様のお血筋にして、大将軍、これ以上はあり得ないほどの傑出を表している。身分の低い俄侍たちは、この家紋に誇りを持ち続ける、昔ながらの長州藩士たちと自分たちとの差に堪らなさを感じて、独自の家紋を作ったものと思われる。闘いになるといつも先手《さきて》として、刀一振、槍《やり》一条で死ぬまで闘えと命じられるのは、俄侍ゆえの悲しさだ。そんなやりきれなさからの気概を一文字に託した。ちなみに一には敵無しという意味もある」

「それほど長州では俄侍に勢いがあるということですね」

「まあ、そういうことだろう。長府《ちょうふ》、徳山《とくやま》、清末《きよすえ》といった長州の支藩では、三星の形はそのままに間を詰め、一を横棒、両脇の斜め切れ、一の跳ねの逆等に変えて家紋としている。これには古式ゆかしき長州家紋への敬意が感じられるが、三星を省略した一だけとなると、尊皇と攘夷から転じての倒幕、敵無し、まるでこれは不敵な面構えのようだ」

「そして、この一を密かな旗印とする者たちが、将軍様がおわすこの江戸の市中で、よからぬ試しを続けているのですね。これで鋼さんが辻新の裏手で聞いた長州弁の謎も解けました。しかし、旗印さえあれば、何をしてもいいというのは得心がいきません」

「その通り、これほど遺憾《いかん》に思うことはない。ついては今少し待て。そちの文を読んですぐ、典薬頭《てんやくのかみ》殿とご老中様方に書状をしたためた。各々の屋敷で使者を待たせて、返事を頂くことになっている。これはそれほどの大事だ」

岸田は眉を上げ、こめかみを震わせた。

桂助の額も冷や汗で濡《ぬ》れている。

「茶でも飲むか？」

静寂の中、囲炉裏《いろり》にかかっている茶釜がしゅんしゅんと勢いよく音を立てている。

「この音が気になって――」

ふと洩《も》らすと、

「そちもか。実はわしもそうなのだ。このところ、茶釜も茶も嫌いになりそうだ。この忙《せわ》しくも勢いのある音が、市中を悪く騒がす者どもの鼻息に聞こえぬでもない――」

「時折、自分だけが変わらずいるのが口惜しいような、不安でならないような気がします。特に知り合いの医療道具屋が居留地横浜で見聞したという、歯無しにせずに済む西洋の口中治療の方法と用いる道具のことがどうにも気になって――」

「それならわしも知っている。実際にこっそり出かけて行った者の話も聞いた。元老中の一人でな、わしのよい碁仇だ。それでも治療は、歯抜きと同じくらいか、それ以上に痛いらしい。わしが治療を受けるなら、麻酔とかいう痺れ薬をかけてからにしてもらいたいものだが、そこまでは進んでいないらしい。だが、その歯が削られる痛みさえ我慢すれば、たしかにもう、むしばの穴は広がらないという。このような治療と器械に、口中医のそちが心を動かされるのは無理もないことだ。攘夷、攘夷の一点張りではなく、異国のよい面は多いに取り容れるべきだとわしは思う。いや、わしがそのように思わなくても、世も人の心も必ずや自分たちの暮らしに都合のいいように動いていくものだ」

――岸田様がここまで進んだお考えだったとは――

桂助は驚いた。

「というところで、茶釜にも茶にも恨みは無くなった」

岸田は畳の上の呼び鈴を鳴らして、焼きたてのカステーラが冷めるのを待って、漉《こ》し餡《あん》を挟んで、一工夫した南蛮菓子を用人に運ばせた。

「南蛮ものと馴染《なじ》み深い餡とを合わせたものよ。両者の甘味、風味が相まって茶の苦味に折り合う。これはわしが思いついたものだが、小豆《あずき》と餡が海を渡れば、かの地のきっとどこかで同様のものが工夫されて食されることと思う。美味く食しようという試みもまた、歯無しになりたくないという悲願同様、万人の望みであろうな」

そう話した岸田はほんの一瞬、ちらりと笑顔を浮かべつつ、見事な点前《てまえ》で茶を点《た》ててくれた。

十一

一刻ほどが過ぎて典薬頭、老中方各々へ遣わされていた使者たちが返事を携えて戻ってきた。

これらを読んだ岸田は、

「賊の頭が名乗っていた〝博士〟とは、千年ほど前の京の朝廷において、天子様や朝廷に仕える者たちを診たり、医者を育成する役目の者の職名だそうだ。今も朝廷でそう呼んでいるかは定かではないのだが。関ヶ原以後、この江戸市中には、家系図に先祖がその役にあったことを、あえて記さない代わりに〝博士〟と書いて、家宝のごとく崇めて蔵にしまっている旗本家があるという」

まずは桂助の問いに応えた。

「関ヶ原以後？　千年ほど前と関ヶ原ではあまりに時が流れ過ぎていて、信憑性《しんぴょうせい》が疑われます。ただし、蔵にしまっているというからには、何か目に見える証があってのことでしょうが――」

桂助は首を傾げたものの追求した。

「そうは言うが、祖を天子様の血筋だとする長州の家紋の謂《い》われも似たようなものだぞ。それから、博士と書かれている家系図には古い医書が添えられているそうだ。博士の実態はその蔵書の相伝であったのではないかと思う。いつしか、誉れを尊ぶ武家ならではの見栄が高じて、関ヶ原だの、朝廷の博士だのにつなげてしまったのだろう」

そこまで話した岸田は一人の老中からの文を掲げて、

「まだ、そちに話していない、大事な話があるのだが、その前に、件《くだん》の家系図を崇めている旗本の屋敷にわしが来訪するという報せの文を届けておこう」

そう言って席を立った。

四半刻（約三十分）ほどして茶室に戻った岸田は、

「我らが訪れるのは先方が読み終えた頃でよかろう」

もう一服茶を点て、桂助と共に漉し餡が挟み込まれているカステーラをゆっくりと食してから、届けた者が帰ってきていることを用人に確かめてから、

「そろそろ行くとしよう」

岸田は身支度に立ち、桂助と共に裏木戸から外へ出た。

岸田は早足で、ある方向へと歩いていく。

「我らとて倒幕派たちがこれぞとばかりに罵《ののし》るような不甲斐なさばかりではない。まずはそのことを伝えておく。わしが思った通り、友田なる町奉行所同心の覚え書きは、目付や、大目付、老中たちの頭を日夜悩まし続けている、幕府を震撼《しんかん》させかねない大変事の裏付けになった。お上は江戸八百八町の民の平穏のために、知るべきものを知り、見るべきものを見てはいるのだ」

「そこまでの方々が知り得ていたほど大きな背景があったのですね」

「そうだ」

「それは――」

「今は檜屋敷とだけ。幕府が詮議を進めたところで、どうせ、相手側は一文字三星に似て非なる者たちの仕業と惚《とぼ》けきるだけだろうからな」

岸田の向かっているのは、桂助が思っていた、赤坂今井町の東南に広がる檜屋敷とも称される長州藩の中屋敷ではなかった。

――これは――

桂助は仰天した。

しかし、岸田は桂助が訪れたことのある旗本屋敷へと続く角を曲がった。進んで行く。

——まさか——


——これはどうして？——


「岸田様」

桂助はやや息苦しくなった。

「わしは今、かつては上様の御側《おそば》に仕えた者としてここに立っておる。これがどういうことだかわかるか？」

「市中を騒がす者を取り締まろうとされている——」

「罪のない者たちがよく目的のわからない毒の試しで殺されるのを防ぐ、もちろん、それもある。だがわしは大義を振りかざす下手人を取り締まろうとしているのではなく、始末をつけさせるために訪れるのだ」

言い切った岸田は千住家の門を睨み据えた。

——なにゆえ無役の千住家の先祖が博士なのか？　ああ、そういえば、この家の次男で役者になった寛次郎様は、食えぬ部屋住みの身の処し方として、手近に医書もあり、医者になることを考えたこともあったと言っていた。博士とは誉れある役職を示すだけではなく、伝承の医書を伝える役目のことでもあったのだ――

「先の将軍温恭院《おんきょういん》（徳川家定《いえさだ》）様の側用人、岸田正二郎である」

岸田は門の前で大きく声を張った。

「関ヶ原以来の旗本千住市之助にございます」

応対には市之助が出てきた。

――その節は――

桂助は咄嗟に目礼したが相手は返して来なかった。

「博士についての話を訊きたい」

「承知致しましてございます。しばらくお待ちください」

一度奥へと戻った市之助が現れて、

「隠居致しました父市左衛門《いちざえもん》がお話をさせていただきたいと申しております」

離れへと案内した。

「千住市左衛門にございます」

寄る年波で呆《ぼ》けかけているはずの市左衛門の背はしゃっきりと伸び、輝きのある目は怖いほどの正気をたたえて挑みかけてきていた。

市之助が茶碗の載った盆を掲げ持つようにして運んできた。

岸田と桂助の前に茶托《ちゃたく》と茶碗を置いた。その時、市之助は初めて桂助と目を合わせ、真っ赤に塗った唇でふっと笑った。

――これは――

一瞬、桂助はたじろいだが、市之助は片袖に入れていた被《かぶ》り物を自分の頭にふわりと載せた。

「長州弁も学びました」

さらに市之助はふわふわと女の顔で笑い続けた。

――鋼さんが話したという花簪売りおぶんがここに居る――

桂助がいくらか落ち着きを取り戻し、

「面白い趣向の博士話が聞けそうだ」

岸田はふんと鼻を鳴らしつつ口元だけで笑った。その目は市左衛門に負けず劣らず凄みを帯びている。

――思えば同腹である市之助様と寛次郎様の顔の造作が似ていないはずはない。寛次郎様が松下華之丞という女形に化けられるのなら、市之助様に同じことができてもおかしくはない。気がつかなかったのは、市之助様はわざと化粧を紅だけに抑えて白粉《おしろい》をつけない男の肌を見せ、紅で何とか女とわかる、男勝りの大女に化けていたからだった。鋼さんだって満更、柔《やわ》じゃない。その鋼さんが易々《やすやす》と掠《さら》われたのも相手が男だったからだ――

「どうせ、当家の茶は飲まれないでしょうが、フグ毒は入っておりません」

市之助はさらりと言ってのけて、唇の紅を拭い、被り物を脱いで片袖に戻した。

市左衛門はこほんと一つしわぶきを洩らして、

「お話しいたしましょう」

岸田を見据えて切り出した。

「それがしたちは代々、博士のお宝、古い医書を伝えてまいりました。貴重でございますので、これを見つけるか、譲り受けるかした先祖はさぞかし舞い上がって喜んだことでしょうが、何代も経てまいりますと、暮らしに役立つわけでもないお宝を何とか、生きている者の希望の光にしたいと思うようになったのでしょう。曽祖父の日記に突然、自分たちは京の博士の家系だと書かれ始め、後に続く者たちがにわかに信じ込むようになったようです。曽祖父の日記からこれを知ったそれがしは、この思い込みと古くからの医書を使って、自分たちの先々を明るいものにしたいと思って生きてきました。といって今更、修業の要る医者を志すわけにもまいりません。まさに使えない金子を隠している気分でした」

「よほどその古医書は優れたものだったのですね」

桂助の言葉に市左衛門は頷いた。

「そんな折柄でした、当家が博士だと密かに知った長州藩の方から、古医書を使って、異国へ売るための毒薬を作れないものかという打診が内々にあったのです。速効にして、石見銀山鼠捕りなどではない、容易には見破られない、とっておきの毒薬をとのことでした。古医書に書かれている治療の術は古いもので、今ではとても役には立ちませんが、〝毒花伝《どっかでん》〟として書かれている、草木に限らず、世のありとあらゆる毒を集めた記述には目を見張りました。特にフグ毒についての箇所は印象的でした。多数あるふぐの種類、部位による毒の強弱が詳細に書かれていたからです。これはきっとフグ毒に通じるべく、毒に中《あた》った患者をかなりの数診ての資料だとも思いました。本来ならそんな毒など思いつかないと断るところなのですが、その時は閃きが走ったかのように、それがしの裡《うち》で代々、悲しいほどの清貧に甘んじてきた先祖の血が騒ぎました。今の暮らしを何とかしたい、這い上がりたい——。長州藩ではふぐを食べると極刑が下るそうですが、大型のふぐが獲れます。毒の入手には困りません。それがしが持ちかけると先方は思った通り、大乗り気になりました。一文字を旗印とする方々は攘夷派を経て今や開国派ですから、無限に獲れるふぐで作った毒薬を異国に売って、幕府と闘うための武器弾薬を競争相手の薩摩よりも先に、しかも多く手に入れたいと考えたのです」

「古医書の〝毒花伝〟にあったふぐについての記述がそれほどくわしければ、試しなどのために歯無しの人たちを騙《だま》し、罪を重ねる必要はなかったのでは？」

桂助は怒りをこめて訊いた。

十二

「異国の商人は抜け目がありません。フグ毒の速効性と見破られない特異性は認めたものの、解毒剤と合わせてでしか取り引きはできないと言ってきたのです。それでわたしたちは試しを行わなければならなくなりました」

「試しの場に使ったのは檜屋敷、長州の中屋敷であろう？」

岸田が念を押した。

「はい、その通りです。ですが、もう、跡形もなく整理されてしまっています」

「今更、大目付様が出張《でば》ってても無駄なことはよくわかっている」

岸田は苦々しく吐き出すように言った。

「なにゆえ、品三郎様の骸は品川宿で見つけられたのです？」

桂助はどうしてもこのことが訊きたかった。

──歯無しになった我が子まで試しに使っていたとは──

「あれは品三郎が自ら言い出したことです」

市之助が話に割って入って、

「どうしても、どうしてもと──」

父親の方を見た。

「我が子の死を願う親はおりません。けれども、あの時、品三郎は試しになって我が身を捧《ささ》げると言ってきませんでした。そこで、それがしたちは当人の望みでもあり、そもそもこれは千住家の行く末のためにやっていることで、そのために身内の犠牲もやむないと思い切ったのです。それと解毒剤を作るための試しは、まだ若い男ではやっていなかったからです。それまで、市之助は歯無しの者に的を絞り、花簪売りになって、試しを募っていましたが、意のままになるのは若い女たちと老爺《ろうや》老婆だけでした。これでは正しい結果を出すことができないと考え、試しに使う相手を選ぶことにしたのです。こうした動きに対して幕府とて何も気づかなかったわけではなく、すでに、町奉行所が品三郎たちの骸を見つけたり、無縁塚の変事を知る前に、老中の手の者たちが動いて長州の動きを探っていました。辻新では居酒屋の主新吉に化けた長州者が市之助との連絡役でしたが、何も知らない弟の松下華之丞こと寛次郎が、ただの口中医ではなく、調べにも通じていてお上に助力を惜しまない藤屋桂助、あなたを連れてきたこともあって、近いうちに正体が知れると案じたのでしょう、先に主に命じて寛次郎に常の量以上のフグ毒を盛らせ、主の方は試しを兼ねて殺せ、とそれがしたちは命じられ従いました」

「辻新の主の本名は何と？　一を紋所としている者たちの一人では？」

岸田が訊くと、やや疲れが出てきた様子の父親に代わって市之助が応えた。

「存じません。本当です。知らされていないのです。それから、長州の中屋敷の裏庭で土の中に裸の人を首だけ出して埋め、解毒の試しを手伝って、品三郎の骸を運び出した者の名も存じません。この後、試しに関わっていた者たちの中にツクヒが出て、あの裏庭にはツクヒの毒が眠っているとわかったので、おそらくツクヒを患い、馬ろとも死に、品三郎の骸の始末が不首尾となったのでしょう。聞いていた話では、今後、試しの後の骸は遠い上に、水が出れば必ず溢れて露呈してしまうであろう花散る寺の無縁塚ではなく、品川宿を経て骸の始末をも引き受ける便利屋の手を借りて、近くの鈴ケ森《すずがもり》で土に還《かえ》すとのことでした」

「お上の刑場である鈴ヶ森とはまた、大胆なものよな」

岸田が顔を顰《しか》めると、

「岸田様、先の上様の御側用人を務められたあなたのような方なら見透しておられるはずです。刑死した者たちの骨と野たれ死んだ犬の骨とが、さほど区別されずに弔われているというのが今の鈴ヶ森です。金さえ出せばどんな素性の骸でも、たとえ遠く上方から運ばれた骸でも、埋める場所があるとも言われています。尊皇攘夷、倒幕と進む勢いでお上の権威と鈴ヶ森で働く者たちの道義は地に落ちているのです」

市之助は皮肉に笑いつつも、

「とはいえ、ここにいる藤屋桂助が品三郎の骸を届けに訪れた時は、父上とそれがしは何とも不可解な気持ちに苛まれました」

本音を洩らし、

「返ってくるはずもなかった倅《せがれ》の骸が返ってきたことで、自分たちに終焉《しゅうえん》の時が近づいたと思いました。辻新の主の試しを命じられるとそれは確信に変わりました。ですので先ほど岸田様から文をいただいた時には、すでに覚悟は出来ておりました」

市左衛門は深々と頭を垂れた。

「長州にとって、それがしたちはいつでも捨てることのできる駒《こま》でしかなかったのだと──。それがしたちは代々、あまりに切ない暮らしを続けてきたせいで、長州が見せた倒幕という時流の夢にさもしくも操られ、ここで加担しておけば、いずれ倒幕後に功労者として華々しい報いが来ると思い込んでしまっていたのです。たとえ三百石でも徳川家の家臣であることを忘れてしまい、千住家の富と栄華などという絵に描いた餅《もち》を信じてしまったのです。長州から話を持ちかけられた時、父上よりもそれがしの方が胸が躍って、千載一遇の機会ゆえ是非にと思いました。何と愚かな──全てはわたしのせいなのです。せめて旗本三百石千住家の家名を汚すことのないお沙汰を──」

市之助はうつむいたまま、涙を堪えるために唇を嚙んだ。

「市之助、この上見苦しいぞっ」

市左衛門は老いた声を振り絞って精一杯嫡男《ちゃくなん》を叱った。

「どうか、何なりと存分なお沙汰を──」

市左衛門は両手をついて平伏し市之助もそれに倣《なら》った。

「徳川直参《じきさん》旗本として」

岸田は声を大きく張った。

「その身の始末をつけられよ」

　これを聞いた父子は顔をまだ畳に向けたまま、

「ありがたき幸せ」

「ありがとうございます、ありがとうございます」

　父子は声を震わせ続けた。

　ほどなく、白装束に着替えた二人は、

「お見届けいただきたい旨《むね》がございます」

　中庭へと岸田の目を転じさせた。

　油の臭いがして大きく炎が燃え上がった。

　古びた本の束がかなりの高さに積み重ねられ、市之助が用いた女物の小袖や被り物、紅、仕入れていた花簪、夥しい数のふぐの毒薬の瓶と共に焼かれていく。

　――〝毒花伝〟はどこだろう？――

　気になった桂助には、〝毒花伝〟と書かれた真っ赤にまがまがしい医書の束が炎の中に連なって見えたが、それは錯覚だったかもしれなかった。

　燃え尽きるのを見届けた岸田は、

「これで千住家から不実な裏切りの証が無くなった」

　珍しくうっすらと微笑んだように見えた。

急死した千住市左衛門と千住家当主市之助は流行病による病死と届けられ、遠縁の親戚が通夜、野辺送りを執り行った。

勘当の身の寛次郎には報されず、四十九日を過ぎてそれを知った寛次郎は、

「あたしはあたし流で供養するわ」

菩提寺《ぼだいじ》を訪れて墓掃除に精を出した。

「見栄と気苦労と不味《まず》い三度の御膳、あたしは今のままで充分」

松下華之丞こと千住寛次郎は千住の家を継がず、千住家の窮状を承知している遠縁の者の中からも、今のところ継ぐ者は現れないままである。

そんなある日、岸田から桂助に文が届いた。

岸田正二郎

千住市之助よりそちに伝えてほしいという内容の文が、あの父子たちが始末をつけた翌日届いたので届ける。

藤屋桂助殿

その文は以下のようなものであった。

弟品三郎の骸を届けてくれた藤屋桂助の知り合いに我らは会っている。友人の房楊枝職人を掠《さら》った折、世話をした綾乃という女である。襲われて斬り殺されようとしていた女を、それがしは助けた。恐怖の余り、記憶が確かでなくなった女をそれがしたちは、綾乃と呼んだ。試しの手伝いをさせたのは、綾乃にはかなりくわしい医術の知識や手伝う技があったからである。

この女にそれがしが好ましさを感じなかったといえば嘘になる。歯無しになって心を病みかけていた弟品三郎も同様と思う。好ましい綾乃がすぐそばにいたからこそ、品三郎は綾乃も関わるあの試しに、本気にならないではいられなかったようにも思う。

綾乃をまだ、綾乃という名で呼ぶ前、ほとんど失っていた記憶の中で、唯一、口にした言葉が——〈いしゃ・は・くち〉の口中医桂助さん——だった。これは間違いではない。紛れもない真実だ。もっとも弟には気の毒すぎて洩らしていないが——。

となると、綾乃は藤屋桂助殿と何らかのつながりがあると考えられる。今更ではあるが、房楊枝職人と共に逃げた綾乃のことが気にかかる。探させたが行方はようとして知れぬ。行方が分かれば、襲われた理由も分かろうというものなのだが。

それがしも先に逝った品三郎も、綾乃と呼んだこの女に現世《げんせ》で幸せになってほしい、その想いは同じだ。

藤屋桂助殿よ、我ら兄弟の清らかな花だった綾乃を頼む。

千住市之助

藤屋桂助殿

この文を桂助はその晩は寝ずに繰り返し読んだ。

――志保さんを探したい――

そんな一途《いちず》な想いに突き動かされて桂助は、翌朝、〝本日よりしばらく休診〟の札を戸口に掛けた。

「やっと決心がつかれたのですね」

朝餉の支度をし終えた真穂に声を掛けられた。

「わたし、わかっていました。先生の心にはずっと住み続けている愛《いと》おしい方がおいでなのが、その方がどこにいるかわからない遠くにおいでなのも――わたしだって女ですもの、そのくらいのことはわかります。時も愛おしい相手も失ったらもう、決して取り返しはつかないんですもの、存分に自分の想いを相手に伝えるべきです。たとえ、相手がどこにいても草の根を分けても探し出して――」

ここまではやや湿った声で続けた真穂だったが、

「わたしのことはどうか案じないでください。上川屋の御隠居様が養女にしたいっておっしゃってくださってるんです。御隠居様はね、たまごの実以来、ますます美味しい食べ物に夢中になってしまわれて、道楽を兼ねてその手の店をわたしに持たせてくれるんだそうです。引きのある時は続くもので、わたし、松下華之丞さんから好きだ、所帯を持ちたいとも言われてるんです。華之丞さんて根っこはやっぱり男だったんですね、うれしかったしよかったわ。これを御隠居様に話したら、お芝居や役者がお好きで、特に華之丞さんを贔屓にしてる御隠居様、うわーって感じて喜んでくれて、そっちも一緒にめんどうを見ようって。華之丞さん、どこまで人気役者でいられるかわからないけど、わたしは御隠居様と共にずっと支えてあげたいって、今は思ってます。わたし、とっても幸せなんです。だから先生も早く幸せになってください」

きらきらと目を輝かせ、がらりと変わった明るい声で話し終えた。

「ありがとうございます」

素直に応えた桂助は、

「周りの皆さんにあやかって、わたしも幸せを探します」

胸と目頭が熱くなるのを感じた。

――志保さん、待っていてください、生きていてください。あなたがどこにいても
わたしがきっと探し当てます――

あとがき

本著は口中医桂助シリーズの第十五作目です。

これまで同様、日本歯内療法学会元会長の市村賢二先生と池袋歯科大泉診療所院長・須田光昭先生、そして、江戸期の歯科監修を快くお引き受けいただいている、神奈川県歯科医師会〝歯の博物館〟館長の大野粛英先生を始め、多くの先生方にご協力、ご助言を賜りました。心より深く御礼申し上げます。

また、ご声援いただいている全国の読者の皆様に、厚く御礼申し上げます。

皆様のご期待に応えるべく、一層の精進を致してまいりますので、応援の程よろしくお願い申し上げます。

参考文献

『感染地図：歴史を変えた未知の病原体』スティーヴン・ジョンソン著、矢野真千子訳（河出書房新社）
『ふぐの文化』青木義雄（成山堂書店）

和田はつ子

「口中医桂助事件帖」シリーズ

将軍後継をめぐる陰謀の鍵を握る名歯科医が、仲間とともに大活躍！

好評発売中！

南天うさぎ

長崎仕込みの知識で、虫歯に悩む者たちを次々と救う口中医・藤屋桂助。その周辺では、さまざまな事件が。桂助の幼なじみで薬草の知識を持つ志保と、房楊枝職人の鋼次とともに、大奥まで巻き込んだ事件の真相を突き止めていく。

シリーズ第1作

ISBN4-09-408056-2

手鞠花おゆう

女手一つで呉服屋を切り盛りする、あでやかな美女おゆうが、火事の下手人として捕えられる。歯の治療に訪れていた彼女に好意を寄せていた桂助は、それを心配する鋼次や志保とともに、彼女の嫌疑を晴らすために動くのだが……。

シリーズ第2作

ISBN4-09-408072-4

花びら葵

桂助の患者だった廻船問屋のお八重の突然の死をきっかけに、橘屋は店を畳んだ。背後に岩田屋の存在が浮かび上がる。そして、将軍家の未来をも左右する桂助の出生の秘密が明かされ、それを知った岩田屋が桂助のもとへ忍び寄る！

シリーズ第3作

ISBN4-09-408089-9

葉桜慕情

桂助の名前を騙る者に治療をされたせいで、子供と妻を亡くした武士があらわれた。表乾一郎と名乗る男はそれが別人だと納得したが、被害はさらに広がり、桂助は捕われた。その表から熱心に求婚された志保の女ごころは揺れ動く。

シリーズ第4作

ISBN4-09-408123-2

すみれ便り

永久歯が生えてこないという娘は、桂助と同じ長崎で学んだ斎藤久善の患者で、桂助の見たても同じだった。よい入れ歯師を捜すことになった桂助のまわりで事件が起こる。無傷の死体にはすみれの花の汁が。新たに入れ歯師が登場。

シリーズ第5作

ISBN978-4-09-408177-0

想いやなぎ

鋼次の身に危険が迫り、志保や妹のお房も次々と狙われた。その背後には、桂助の出生の秘密を知り、自らの権力拡大のため、桂助に口中医を辞めさせようとする者の存在があった。一方、桂助は将軍家定の歯の治療を直々に行うことに。

シリーズ第6作

ISBN978-4-09-408228-9

菜の花しぐれ

紬屋太吉の父と養父長右衛門との間には、お絹をめぐる知られざる過去があった。その二人が行方不明になり、容疑者として長右衛門が捕われる。そこには桂助をめぐる岩田屋の卑劣な陰謀が。養父を守るために桂助に残された道は？

シリーズ第7作

ISBN978-4-09-408382-8

末期葵

岩田屋に仕組まれた罠により捕えられた養父長右衛門。側用人の岸田が襲われ、さらには叔母とその孫も連れ去られ、桂助は出生の証である〝花びら葵〟を差し出すことを決意する。岩田屋の野望は結実するのか？　長年の因縁に決着が。

シリーズ第8作

ISBN978-4-09-408385-9

幽霊蔵

岡っ引きの岩蔵が気にする御金蔵破りの黒幕。桂助を訪ねてきたおまちの婚約者の失踪。全焼した屋敷跡には、岩田屋勘助の幽霊が出るという。その正体は？事件の真相は？　一橋慶喜とともに、桂助は権力の動きを突き止めていく。

シリーズ第9作

ISBN978-4-09-408448-1

淀君の黒ゆり

両手足には五寸釘が打ち込まれ、歯にはお歯黒が塗られて殺害されたのは、堀井家江戸留守居役の金井だった。毒殺された女性の亡骸と白いゆり、「絵本太閤記」に記された黒ゆり……。闇に葬られた藩の不祥事の真相に桂助が迫る！

シリーズ第10作

ISBN978-4-09-408490-0

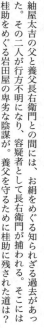

かたみ薔薇

側用人の岸田正二郎の指示で、旗本田島宗則の娘の行方を桂助は追う。岡っ引き金五の恩人の喜八、手習塾の女師匠ゆりえが次々と殺害され、志保の父、佐竹道順にも魔の手が忍びよる。さらなる敵を予感させる、シリーズ新展開の一作。

シリーズ第11作

ISBN978-4-09-408614-0

江戸菊美人

志保が桂助の元を訪れなくなって半年、〈いしゃ・は・くち〉に新たな依頼が次々と舞い込む。廻船問屋・湊屋松右衛門の後添えを約束されていたお菊が死体で発見された。町娘の純粋な思いが招いた悲劇を桂助は追う。表題作他全四編。

シリーズ第12作

ISBN978-4-09-408665-2

春告げ花

〝呉服橋のお美〟で評判の娘は、実は美鈴と言った。美鈴は、鋼次とふたりで忙しくしていた桂助の治療所の手伝いに通うようになる。当初、名前を偽っていた美鈴に鋼次は厳しい目を向けていたが、桂助は美鈴の想いに気付くのだった。

シリーズ第13作

ISBN978-4-09-408889-2

恋文の樹

桂助が知遇を得た女医の田辺成緒のもとに脅迫状が届けられ、さらには飼い猫が殺害された。調べを進めると、華岡青洲流の麻酔薬「通仙散」に関わる陰謀が浮かび上がり、桂助が狙われていた。犯行及んだ者の驚くべき正体とは！

シリーズ第14作

ISBN978-4-09-406271-7

——本書のプロフィール——

本書は、小学館文庫のために書き下ろされた作品です。

小学館文庫

口中医桂助事件帖《こうちゅういけいすけじけんちょう》

毒花伝《どっかでん》

著者　和田《わだ》はつ子《こ》

二〇一八年五月十三日　　初版第一刷発行

発行人　菅原朝也

発行所　株式会社　小学館

〒一〇一-八〇〇一

東京都千代田区一ツ橋二-三-一

電話　編集〇三-三二三〇-五八一〇

　　　販売〇三-五二八一-三五五五

印刷所――――大日本印刷株式会社

この文庫の詳しい内容はインターネットで24時間ご覧になれます。
小学館公式ホームページ　http://www.shogakukan.co.jp

ISBN978-4-09-406511-4